Presented by Ao jyumonji / Illustration by Eiri shirai

재와 환상의 그림갈

작가=**주몬지 아오** | 일러스트=**시라이 에이리** | level. 11—그때 각자의 길에서 꿈을 꾸었다

나는 모든 것을 인정한다.
받아들이고, 수용한다.

하루히로 파티는
똑바로 동쪽으로.

─각오는 되었나?

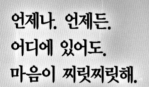

언제나. 언제든.
어디에 있어도.
마음이 찌릿찌릿해.

사우전드 밸리의 언제 끝날지 모를 도피행──

그때 각자의 길에서 꿈을 꾸었다

재와 환상의 그림갈 level. 11

주몬지 아오

"…스읍." 숨을 들이켜고, 그리고 내뱉었다.

아무래도 한동안 숨 쉬는 것을 잊고 있었던 모양이다. 한동안?

한동안이라니, 어느 정도?

모르겠다, 소리가—.

멀리서 무슨 소리가 들린다.

유난히 여러 가지 소리가. 멀리서?

아니, 어쩌면 그게 아니라, 이 소리는 머릿속에서 울리는 건지도 모른다. 내 머리 내부 밑바닥에서. 그렇다면 멀리가 아니다. 그 반대다. 가깝다.

굉장히 가깝다.

너무나 가까워서, 그래서 제대로 들리지 않는 건가?

두 손으로 땅바닥을 짚고 있다.

여기는 어디더라?

바깥이 아니다. 실내다. 하지만 바닥은 깔려 있지 않다. 흙바닥이다.

내 오른손과 왼손 사이에 그녀의 얼굴이 있다. 왜 이렇게 되었는지, 생각해봐도 전혀 모르겠지만, 팔굽혀펴기 도중 같은 자세로 내려다보는 그녀의 눈은 거의 감겨 있고 입술이 살짝 벌어져 있다. 마치 어디에도 힘이 들어가지 않은 것 같다. 그러면서도 뭔가 말을 걸면 대답해줄 것 같아서, 그러면 그렇게 하면 되는데, 간단한 일인데도, 그저 그녀의 이름을 부르면 되는데, 단지 그것뿐인데도, 어떻게된 건지, 할 수가 없다.

어째서일까?

무서운… 건가?

하지만 무섭다니, 뭐가?

몰라. 모르겠다.

어차피 알 수 있을 것 같지 않으니까, 이대로 둬도 될지도 모른
다. 그렇다.

이대로도 좋아.

가만히 두자.

그것이 제일 옳다. 그렇다. 맞아.

뭐가 어떻게 되어 이렇게 된 건지, 그런 건 아무래도 좋아. 정신
차려. 리더잖아. 이래 봬도 리더인 것이다.

멍하니 있을 때가 아니야. 쓸데없는 일은 생각하지 마. 지금, 해
야 할 일이 있을 거다. 그것을 해라. 생각할 틈이 있다면, 그걸 하는
거야.

일어서서 출입구 쪽으로 시선을 돌렸다. 맞은편 왼쪽 격자에 시
호루가 등을 기대고 주저앉아 있었다. 눈을 크게 뜨고 이를 악물고,
턱을 덜덜 떨면서 이쪽을 보고 있다. 시호루는 뭔가 말하려고 했다.
하지만 목소리가 나오지 않는 것 같다.

하루히로는 고개를 갸웃거렸다. 어째서지? 시호루, 뭔가 엄청난
얼굴을 하고 있는데. 예를 들면, 어찌할 바를 모를 만큼 무시무시한
사건이라도 목격한 것처럼.

"괜찮아."

시호루에게 그렇게 말하고, 웃는다. 그리고 하루히로는, 훗―하
고 숨을 내쉬었다. 괜찮아. 괜찮다. 괜찮아. 괜찮아. 괜찮아. 아니,

그게 아니지. 괜찮아─라고 말하고 있을 때가 아니라, 해야 할 일을 해야지.

그러고 보니, 스틸레토는?

아아.

바로 옆에 떨어져 있다.

스틸레토를 주우려고 했더니 궤렐라의 시체가 눈에 들어와서 머리에 피가 솟구쳤다. 이미 숨이 끊어진 그 궤렐라의 머리를 짓밟고 마구 으깨버리고 싶다.

죽이고 싶다. 죽여버리고 싶다. 이미 죽었다. 이 녀석은. 이 수컷 궤렐라는.

하지만, 궤렐라는 다른 놈도 있다.

그렇다. 죽여야 할 상대가 아직 있잖아.

죽여.

죽이는 거다.

죽여버리면 되는 거다. 그렇다. 놈들을 몰살해.

그런가. 그거다.

그것이야말로 해야 할 일 아닌가. 죽여라. 죽인다. 죽인다. 죽인다. 죽인다. 죽인다. 죽인다. 죽인다. 죽인다. 죽인다. 죽인다. 죽인다. 죽인다. 죽인다. 죽인다. 죽인다. 죽인다죽인다죽인다죽인다죽인다죽인다죽인다죽인다죽인다죽인다죽인다죽인다죽인다.

―안 돼.

목소리가 들렸다.

그녀의 목소리였다.

귀렐라의 시체를 봤을 때 그녀도 시야에 들어왔었다. 일부러 보지 않으려고 했다. 아니, 아니다. 보였던 것이다. 그런데도, 보이지 않는다고 생각하려고 했다.

그녀는 거기에 있는데.

보고 싶지 않았다.

"…그렇, 지."

격한 감정에 휩싸여 될 대로 되라는 식으로 돌진하다니, 내 방식이 아니다. 근력이 남들보다 엄청 뛰어나거나 뭔가 특수한 능력을 갖고 있다거나 했다면 몸을 내던져 이판사판의 승부에 나서는 방법도 있을지도 모르지만, 안타깝게도 하루히로는 평범한 사람이다. 할 수 있는 일은 결코 많지 않지만, 그래도 그것을 열심히 하는 수밖에 없다. 여느 때와 같다. 적은 도구를 최대한 활용해서 어떻게든 활로를 뚫는다. 이성을 잃었다가는 자멸할 뿐이다.

이제 상관없을지도 모르지만.

자멸한다 해도 별로.

어떻게 되든 좋아. 무슨 상관이람.

—아니야.

그녀가 말했잖아. 안 돼라고. 그렇다. 좋을 리가 없다. 하지만 왜 목소리가.

들릴 리 없는, 데도. 들리고… 어째서… 그렇다, 목소리 같은 게 … 환청, 이었던 건가? 환청… 아니야, 왜냐하면, 분명히 들렸고… 하지만 그럴 리… 스틸레토를, 그리고 할 수 있는 일을… 하지 않으면 안 될 일을, 한다. 하는 거다.

이를 악물었다. 두 다리에 힘을 주고 버티고 섰다. 힘은 들어간다. 할 수 있다.

감옥. 여기는 세토라가 갇혀 있던 감옥이다. 밖에는 귀렐라들이 있다. 감옥으로 몰려와 밀고 들어오려는 귀렐라들을, 쿠자크와 유메가 간신히 막아내고 있는 상태다.

"시호루, 마법을…!"

외치며 달려가려고 했는데 무릎이 툭 꺾이며 허리가 주저앉았다. 혀를 찼다. 뭐야. 도대체 뭐야?

왜 몸이 마음먹은 대로 움직여주지 않는 거야? 왜냐고? 그야 알고 있다. 탈진한 것이다. 잇달아 귀렐라들을 해치워, 그럴 의도는 없었지만, 요컨대 우쭐했다. 피를 너무 많이 흘렸고, 체력적으로도 어느 틈엔가 한계를 넘었던 것이겠지. 그 결과가, 이거다. ―이것. 아니야… 잊어라. 잊고, 하는 수밖에 없는 거다.

심하게 균형을 잃은 볼품없는 달리기로 출입구로 서둘러 갔다. 문가에 서 있던 세토라가 돌아보았다. "하루!"라고 이름을 불러, 눈이 마주쳤다. 대답하지 않고, 밖으로. 쿠자크는 감옥에서 나와 2미터 정도 떨어진 장소에서 "―읏! 타앗! 이얏! 앗!"하고 끊어질 듯 이어지는 기합을 발하면서 대검을 휘두르며 몸부림치고 있다. 아마도 정신이 없는 것이겠지. 기력이 쿠자크를 지탱하고 있다. 분명 잠시라도 멈추면 쓰러져버릴 것이다.

유메는 낮은 자세로 재빨리 이동하면서, 다가오는 귀렐라들을 칼로 견제하고 있다. 물론 여유 같은 건 없겠지만, 필사적인 것처럼 보이지는 않는다. 과연 유메다. 두려워하지 않고, 겁먹지 않고, 때때로 쿠자크 뒤를 지나가면서 오른쪽으로, 왼쪽으로 끊임없이 위치를 바꾸고, 유메답게 마이페이스로 서포트를 철저히 하고 있다. 하지만 엄청난 운동량이다. 저대로 계속은 유메도 버티지 못한다.

"유멧! 왼쪽은 나한테 맡겨!"

"웅냣!"

"아직 할 수 있어…!"

할 수 있을지 어떨지 솔직히 모르겠다. 그래도 할 수 있다고 생각하는 수밖에 없다. 할 수 있다고 믿고, 동료에게도 믿게 만드는 수밖에 없다. 하루히로는 왼손으로 가드 달린 나이프를 뽑았다. 쿠자크의 왼쪽으로 나가서 그때 마침 덤벼든 귀렐라의 오른팔을 가드 달린 나이프로 스와트(파리채)하고, 콧등을 스틸레토로 찌른다. 이어서 바로 가드 달린 나이프로 눈을 노리자 그놈은 물러섰다. 다음이다. 금방 또 온다. 아니, 이미 와 있다. 하루히로는 몸을 돌려 다른 귀렐라의 돌진을 피했다. 쿠자크가 "—웅찻!"하고 그놈에게 대검을 때려 넣는다. 흑갈색의 외골격 같은 딱딱한 각피가 깨지고 파편이 흩어졌다. 엄청난 파괴력이다. 그 귀렐라가 견디지 못하고 후퇴하자 또 다른 귀렐라가 돌진했다. 상대는 젊은 수컷인데, 정면으로 막아내는 것은 불리하다. 그렇다고 해서 퇴로는 없다. 그러니까 피하지 않는다, 여기에 머물러 있지도 않는다. 앞으로 나선다. 일부러 거리를 좁히고 놈의 공격을 맞기 전에 스틸레토와 가드 달린 나이프로 연속 공격을 놈의 안면에 내지른다. 쿠자크와 달리 하루히로에게는 각피를 파괴할 만한 힘은 없기 때문에 대단한 손상은 입히지 못하겠지만 겁을 주기에는 충분하다. 그놈이 물러나면 또 다음, 다음, 다음으로 귀렐라들은 점점 몰려들지만 동시에는 습격하지 않는다. 예를 들어 인간도 여럿이서 한 사람을 두드려 패는 것은 간단한 것 같으면서도 사실 어려운 것이다. 한 사람이 뒤에서 붙잡는 역할이고 한 명은 얼굴을 때리고 또 한 명은 배를, 이런 식으로 역할 분담을 하지 않으면 잘되지 않는다. 한 명을 둘이서 일제히 때리거나 차거나 하는 것만으로도 의외로 자기편이 도리어 방해가 되기도 한다. 그럴 경우에는 우선은 표적을 넘어뜨리거나 내리누르거나 해서 움직이지 못하게 해야 한다. 당연히 표적도—즉, 하루히로도 그런 것은 잘 알고 있으니까 가만히 있지는 않는다. 움직여라. 평소만큼 기민하게는 움직일 수 없다. 그래도 괜찮으니까 움직여. 계속 움직이며 튀어나오는 적을 친다. 그것을 오로지 반복하는 것이다. 가능한 한. 힘이 다할 때까지. 해라. 계속 해라. 그러다 보면 시호루가 마법으로 엄호해준다. 세토라도 뭔가 손을 쓰겠지. 동료를 믿고 할 수 있는 일을 한다. 해낸다. 그것밖에 없다. 지금은.

조용히.

아무튼 조용히.

발소리를 내지 마.

서서히 나아가.

도적도 사냥꾼도 아니지만, 이쯤 되니 살금살금 걷는 기술도 제법 그럴듯해졌다. 필요가 발달의 빅 대디, 였나? 아닌가? 필요는 개발의 갓 마더? 뭐, 아무튼, 아무래도 필요한 기술이므로 하다 보니 숙달되기도 한다. 좋아, 좋아, 좋았어.

조금만 더.

수풀 그늘에 놈이 있다.

놈의 번들번들한 피부는 갈색과 녹색의 얼룩무늬다. 뒷다리는 접히고, 앞다리로 동체를 들어 올린다. 동그란 눈은 이쪽을 향하지 않았다.

괜찮다.

놈은 움직이지 않는다.

아직 놈에게 들키지 않았다는 뜻이다.

그렇다 해도―.

크다.

어디에서 어떻게 봐도 놈은 개구리 이외의 아무것도 아니기 때문에 십중팔구 개구리가 틀림없다고 생각하지만, 주먹만 한 크기―아니, 갓난아기 머리 크기 정도는 된다.

대물이다.

응.

아무리 그래도 너무 크지 않아…?

갑자기, 놈은 정말로 개구리인가? 라는 의문이 뇌리를 스쳤다. 이렇게 커다란 개구리가, 있는 건가…?

개구리에 관해서 잘은 모르지만, 있다 해도 이상할 것 없다. …그런 것 같다. 개도 소형견부터 대형견까지 있으니까. 실루엣이 저렇게 '나는 개구리다' 주장하는 걸 보니 개구리겠지. 그저 큰 것뿐이다. 하지만 독 같은 건 있을까? 독이라. 그 부분은 전혀 생각하지 않았다. 확실히는 기억나지 않지만 분명히 독이 있는 개구리도 있었던 것 같은? 무엇보다, 독을 지닌 생물은 대개 외모도 흉흉하다. ─그렇지? 그렇지도 않나? 뱀 같은 건, 독사든 아니든 그리 차이가 없는 것 같은데? 버섯 같은 것도 그렇다. 명백하게 이거 독이 있겠지─라는 모양의 버섯이 의외로 먹을 수 있는 것이고, 이건 괜찮겠지 싶은 버섯이 위험하다거나 하니까. 버섯은 동물이 아니지만 말이야. 그렇긴 해도 같은 생물이니까. ─아니, 아니, 그게 아니라!

주저하지 마.

그래, 맞아. 주저할 때가 아니란 말이닷.

배가 고프다.

뭔가 먹지 않으면, 죽는다. ─아마 죽지는 않겠지만, 아직 조금 여력이 남아 있는 이 틈에 먹어둬야 한다. 제대로 움직일 수 없게 되면 먹을 것을 확보하는 일조차 쉽지 않게 된다. 지금은 이렇게 돌아다닐 수 있지만, 그렇기는 해도 야외 생활의 전문가인 사냥꾼이 아니므로 먹을 만한 것을 찾는 일도 간단하지 않다. 새도 짐승도 진짜 짜증스러울 정도로 조심성이 많아서, 다가가려고 하면 도망친다. 벌레 정도라면 어떻게 될 것도 같지만 가급적 먹고 싶지는 않고 최후의 수단으로 남겨두고 싶다. 개구리는 어떨까? 냉정하게 생각해보면, 개구리를 먹다니 그건 좀 아니지 않아? 라는 생각이 안 드는 것도 아니지만, 개구리라면 차라리 감지덕지라는 생각도 든다.

1미터 정도 앞쪽에 있는 개구리를 그대로 덥석 통째로 씹어 삼킨다면 상당히 기분 나쁘겠지만, 가죽을 싹 벗기면 그런대로 맛있게 먹을 수 있지 않을까?

입속에 침이 고인다. ―좋았어.

독이 있다면 그때는 그때고. 찌릿하면 토해버리면 되고. 그런 면에서의 위기 감지 능력과 반사 신경에는 자신이 있다.

먹는다.

놈을 붙잡아서, 먹는다.

먹어치운다.

평소의 버릇대로 스킬명을 외쳐버릴 뻔하다가 꾹 눌러 참았다. ―간다.

말없이!

사일런트 리프아웃(침묵의 사출계)…!

똑바로 앞으로 펄쩍 뛰어 두 팔을 뻗었다. 바로 그 순간이었다.

놈도 폴짝 뛰었다.

"어엇…?!"

놈을 붙잡으려던 그의 오른손과 왼손이 허망하게 격돌했다. 이게 무슨 일이람. 놓쳐버렸다…?! 놈의 기민한 타이밍 감지력과 엄청난 도약력에도 허를 찔린 느낌이었다. 놈은 한 번의 도약으로 2미터 정도 이동한 것이다.

역시 보통 개구리가 아니다.

"―젠자아앙! 놓칠 줄 알고…!"

이렇게 되면 진짜 진지하게 한다. 그렇다. 나도 모르게 만만히 보고 있었다. 크기는 해도 그래봤자 개구리에 불과하다고 얕보고 있었던 것이다. 놈을 개구리라고 생각하지 마. 쓰러뜨려야 할 적이라고 생각해라.

"죽인다…! 리프아웃!"

뛴다. "리프아웃!"하고 뛰고 "리프아웃! 리프아웃!"하고 뛰고 숨도 쉬지 못하게 만든달까, 숨도 쉬지 않고 "리프아웃, 리프아웃, 리프아웃…!" 연속으로 뛰고 뛰고 또 뛰어 놈을 쫓는다. 리프아웃으로 다가갈 때마다 그 손은 놈을 붙잡을 것 같다. 그러나 놈은 매번 아슬아슬하게 피한다. 이쪽을 보고 있는 것이 아니다. 항상 놈은 꽁무니를 이쪽으로 향하고 있다. 마치 등에 눈이 달린 것 같다―고 생각했더니, 놈의 등, 거의 엉덩이라고 말해도 될 만한 장소에, 얼룩 반점 모양이 보이는 부분에 눈꺼풀이. 틀림없다. 저건 눈꺼풀이다. 놈은 등이랄까, 엉덩이에도 눈이 있는 것이었다.

"징그럽다고…! 리프아웃, 인 척하다가…?! 사실은…?!"

이쪽이 뛰려고 하다가 뛰지 않았더니 놈도 마찬가지로 점프하려다가 멈췄다.

"―헷! 걸려들었지…!"

타이밍을 어긋나게 해서 리프아웃. 이걸로 결판났다. 결판―났어야 했는데, 놈은 역시 손을 빠져나가 근사하게 도망쳤다.

"얼마나아아아…?!"

보통 적이 아니다. 엄청난 강적. 이렇게 되면 숙명의 라이벌로 간주해야 한다. 놓치지 않는다. 반드시 해치운다. 어떻게 해서든 먹어주겠다. 안 먹을 수가 있겠냐고. 이쪽은 완전 뒈질 만큼 배가 고프다고. 울화질. 울화질이 뭐야? 우라질인가? 우라질 개구리! 개구리놈, 개구리 주제에, 고작해야 개구리가…!

이렇게 해서 수십 번, 아니, 백 번도 넘게 뛰어나간(사출계) 것은 아닐까 생각합니다. 진짜로.

이야, 지칩니다. 진짜, 진짜로. 그야 지칠 만도 하죠.

"…그 보람이 있어서―라는 표현은 좀 거시기하네. 후후핫…."

크게 웃으려고 했지만 맥 빠진 듯한 작은 웃음밖에 나오지 않았다.

찜통더위의 숲 속. 나 홀로 땀에 흠뻑 젖어 두 손으로 지나치게 큰 개구리를 움켜쥐고 서 있다. 어떻게 봐? 이 상황?

"나, 멋지다…."

그래?

글쎄?

잘 모르겠지만, 아무튼 목적은 달성했다. 조금 전까지 앞다리와 뒷다리를 움직이며 발버둥 치던 거대한 개구리도 이제야 체념했는지 지금은 얌전하다. 하지만 엉덩이에도 눈이 있다니, 조심스럽게 말해도 너무 징그럽다. 눈도 깜빡거리고 있고. 나를 보고 있고.

"보, 보지 마. 이제부터 나, 너를, 먹을 거니까…."

개굴개굴. 거대한 개구리가 울었다. 목숨을 구걸하는 것일까? 물론, 소용없다. 어차피 이 세상은 약육강식, 먹이사슬. 배가 고프면 싸울 수 없다.

"나쁘게 생각하지 마. …아니, 생각해도 되지만. 나를 원망하려면 원망해라. 그런 건 전혀 아무렇지도 않다고. 허세부리는 게, 아니야."

야무지게 결심했으니까, 예비용 나이프로 재빨리 거대 개구리의 숨통을 끊고 가죽을 벗기는 등 눈알을 파내는 등 내장을 꺼내는 등을 하자, ―이게 무슨 일이람. 형태는 개구리 그 자체이고 사이즈는 크지만 연한 핑크색의 제법 맛있어 보이는 고깃덩어리가 나타났습니다. 조리하고 싶지만 불을 지피는 건 위험하다. 씻을 물도 없다. 이대로 먹어버리는 수밖에 없을 것 같지요? 갑니다? 겁내지 마. 두려워할 것 없어. 세계는 하나닷?! 공복보다 좋은 조미료는 없음! 먹는다. 먹어라. 먹자. 먹자고!

으랴아아아아아앗! 어떠냐…!

먹었다. 먹어치웠습니다. 먹은 것이다. 뼈는 퉤 뱉어버렸지만, 나머지는 다 먹어치웠다.

"…솔직히, 있지."

땅바닥에 두 다리를 쭉 뻗고 살짝 스며드는 나뭇잎 사이의 햇살에 눈을 가늘게 뜬다.

"맛은, 음. …응. 맛있다거나, 그런 건 아니었어. 우선 먹었다는 느낌이지. 그게 중요한 거야. 응. 찌르르하거나 하진 않았고, 배도 안 아프고. 현재까지는. 이걸로 또 며칠은 움직일 수 있겠지. 아마도―."

트림이 나와서 자기도 모르게 얼굴을 찡그렸다.

개구리 냄새랄까, 비린내가 났다.

"…살아 있다는 증거잖아."

그렇다.

살아 있다.

큰 소리로 외치고 싶다.

나는 분명히 살아 있다!

완전 살아 있다!

어떠냐?!

이 나 님의 빛나는 살아 있는 모습!

―외치지는 않을 거지만.

"란타앗…!"

갑자기 이름을 불려 펄쩍 뛸 뻔했으나, 아니, 안 된다. 안 돼, 절
대. 이런 때는 당황하지 말고 소란 떨지 말고, 우선 곧바로 움직일
수 있을 자세를 취한다. 일어서거나 하지는 않는다. 몸을 숙인 것보
다 약간 더 낮게 자세를 잡고 상체를 앞으로 기울인다.

목소리는, 어디에서?

가까이는 아니다. 들린 느낌으로 미루어 짐작컨대 목소리의 주인
공은 수십 미터, 어쩌면 100미터 정도 떨어진 장소에 있을 것이다.

벌써 열흘도 넘게 사우전드 밸리를 어슬렁거리고 있다. 현재 위
치는 전혀 불명이다. 안개가 짙은 지대에서는 일단 빠져나왔다. 이
주변은 아침 안개가 끼는 정도이고 지금은 거의 걷혔다. 단, 우거진
수풀이나 기복이 있는 지형 탓에 시야는 좁다.

"란타…! 거기 있는 건 알고 있다, 란타…!"

또 목소리가 들렸다. 아까보다 가까워졌나? 언제? 뭐라 말할 수
없다.

"…아저씨 놈."

손바닥으로 입가를 닦으면서 낮게 중얼거렸다. 거기 있는 것은

알고 있다고 타카사기는 말했다. 진짜야? 허풍 아니야? 어쨌든 잡아먹은 거대 개구리와 달리, 먹을 수 없는 아저씨다. 감도 날카로우니까 왠지 이 근방에 있을 것 같다는 것 정도는 짐작했는지도 모르지만, 란타가 있는 장소를 정확하게 알지는 못하겠지. 확실히 알고 있다면 굳이 큰 소리를 내어 이쪽을 경계시킬 필요는 없다. 살그머니 다가오면 되는 것이다. 그렇게 하지 않았다는 것은, 타카사기는 아직 란타를 발견하지 못했다.

게다가 온사가 같이 행동하고 있지 않다는 것도 확실하다. 그 고블린 짐승술사는 흑랑과 냐아를 키우고 있다. 온사의 냐아 부대는 괴멸해서 몇 마리밖에 살아남지 못했지만, 대흑랑 가로가 이끄는 흑랑 무리는 건재하다. 온사가 있었으면 흑랑이 벌써 란타 냄새를 맡고 바로 코앞까지 다가왔겠지. 저쪽은 타카사기와 오크와 언데드밖에 없는 것이다. 도망칠 수 있다. 적어도 빠져나갈 찬스는 아직 있다고 생각해도 된다.

침착하게 행동한다. 그것이 중요하다.

상대는 이쪽이 겁을 먹고 당황해서 움직이기 시작하는 것을 기다리고 있다. 그러니까 움직이지 마. 우선은 가만히 있는 거다. 그리고 주위를 둘러보았다. 눈을 크게 뜬다. 귀를 기울인다.

왼쪽 앞으로 3미터 정도 가면 촉수가 얽혀 있는 것 같은, 유난히 구불구불 휜 나무가 있다. 란타는 발소리를 죽여 그 나무 옆으로 갔다. 이것은 한 그루의 나무인 건가? 아니면 몇 그루의 나무의 집합체인가? 뭐, 뭐든 좋아. 란타는 그 나무에 등을 기댔다. 조용히 심호흡을 한다.

"란타…! 이리 나와, 란타…! 지금이라면 목숨만은 살려주겠다.

란타…!"

이번에는 좀 가까운… 가?

타카사기는 분명 조금씩 접근하고 있다. 하지만 아직 아주 가깝지는 않다.

지금이라면 살려준다고 타카사기는 말했다. 한번 포르간에 가담했다가 탈주한 란타를 용서해주는 건가? 타카사기가 용서한다면 아마 잠보는 아무 말도 하지 않겠지. 다시 동료로 맞아줄지도 모른다. ─아니야, 아니야. 타카사기는 그저 죽이지 않는다고 말했을 뿐이다. 목숨까지는 빼앗지 않는다고 해도 뭔가 험한 꼴을 당하게 하려는 것 아닐까? 불문에 부치겠다고 웃으며 용서해주는, 그런 일은 확실히 없을 것이다. 그야 그렇겠지. 왜냐하면 배신 때렸으니까.

"란타…!"

생각난다.

저 목소리로 몇 번이나 야단맞았다.

나는 이 막대기면 돼─라며 아저씨는 막대기랄까, 가늘고 휘어진 나뭇가지를 집어 들고 턱을 까딱거렸다.

"네놈은 네 검을 사용해라, 란타."

"커다란 핸디네, 아저씨. …얕보고 있어!"

열받기는 했지만, 란타는 그의 말대로 안식검(RIPer)을 뽑아 겨눴다. 이 검은 다룽갈의 우물촌에서 입수했다고나 할까, 그곳 대장간에서 샀다. 두 손으로 잡는 검인데, 검신이 그리 길지 않고 보기보다 가볍고 다루기 쉽다. 칼날 밑동에 돌기가 있어서 그 흉악해 보이는 모양이 또한 마음에 들었다. 결코 과장이 아니라 란타는 수많은 적을 이 애검으로 베었다. 저런 나뭇가지로 날 상대하겠다는 거야? 아저씨, 자만했네―라고는 생각하지 않는다.

타카사기는 나뭇가지를 든 왼손을 축 늘어뜨리고 무릎도 굽히지 않고 서 있다.

란타와의 거리는 2미터 언저리. 내딛으면 베기든 찌르기든 맞는 거리다. 게다가 이쪽은 고속 이동을 전문으로 하는 암흑기사다. 이런 거리는 한순간에 좁혀버릴 수 있다. 타카사기는 팔조차 들지 않고 있었고 무엇보다 갖고 있는 것은 나뭇가지인 것이다. 그걸로 맞아봤자 아프지도 가렵지도 않을 것이다.

조금도 무섭지 않다. 그래야 마땅한데.

숨이 막혔다. 다리가, 아니, 온몸이 움츠러든다.

―아저씨는 언제든지 나를 죽일 수 있다.

아니, 그럴 리가 없다. 나뭇가지라고, 나뭇가지? 게다가, 보라고. 저 면상. 애꾸눈을 졸린 듯이 게슴츠레하게 뜨고 고개를 살짝 옆으로 기울이고 턱은 힘없이 늘어져 있다. 이쪽은 부끄러움을 무릅쓰고 가르쳐달라고 부탁했었고, 그쪽은 어쩔 수 없네―라면서도 승낙했으니까. 좀 더 진지하게 하라고. 제대로 하라고. 그렇게 항의하고 싶어질 만한 표정이다. 자다 깼나? 아니면 숙취라도 있는 건가?

그런데, 어째서인가…?

이길 수 없다.

어떻게 공격해도 이길 수 없을 것 같다.

그냥 이런 식으로 느껴지는 것뿐인 걸까? 타카사기는 란타의 모든 것을 꿰뚫어 보고 있다. 이것은 과대평가일까?

시험해보면 된다. 실제로 해보면, 분명해진다.

"왜 그래?"

타카사기는 그제야 나뭇가지를 치켜 올리나 싶더니, 손목을 움직여 가지 끝을 살짝살짝 흔들 뿐이었다.

"덤벼봐, 란타. 강해지고 싶지? 거기에서 얼어 있어봤자 1밀리도 진보하지 않아."

"…나도 안다고." 반응한 목소리가 살짝 떨렸다.

"정말로 알고 있는 건가?" 타카사기는 희미한 웃음을 띠었다. "미심쩍은데."

지금이다—라고 판단한 것이 아니다. 말하자면 야생의 감이다. 란타의 몸이 뭔가를 느끼고 반응했다.

절묘하다는 감각이 있었다. 리프아웃에서부터 헤이트리드(증오 베기). 요컨대 튀어나가서 비스듬히 베어 내린다. 심플하지만 일격 필살. 전혀 봐주려는 마음은 없었다. 타카사기가 검을 들고 있었다면 어쩌면 간신히 막아내는 정도는 가능할지도 모른다. 하지만 나뭇가지로는 무리. 피하는 것도 무리. 이 일격은 피할 수 없다. 회심의 헤이트리드였다고 단언할 수 있다.

하지만 예상하고 있었다는 건가…?

타카사기는 왼쪽으로 한 걸음 움직여 안식검(RIPer)을 피한 것뿐만이 아니었다. 나뭇가지로 가만히 안식검을 어루만지고, 그리고 란타의 얼굴을 찰싹 때렸다.

"우왓…?!"

"그 얼굴에 쓰여 있다."

타카사기는 란타의 무릎 뒤를 발로 차 자세를 무너뜨리게 하더니 등을 밟는 것처럼 눌렀다. 란타는 고꾸라졌다.

"─어이쿠!"

"네놈은 약해."

"젠…!" 란타는 그대로 앞으로 넘어져 "자앙…!"하고 곧바로 방향을 틀었다가 또다시 나뭇가지로 얼굴을 맞았다. "─맞을….."

"어설프다고."

엄청나게 얻어맞고 발로 차인 끝에 쓰러지고, 일어서면 또 얻어맞고 발로 차였다. 어느 틈엔가 떨어뜨린 듯 손에는 안식검(RIPer)이 없었다. 상대도 안 된다는 건 바로 이런 것이다. 자빠지면서 허리와 등을 바닥에 세게 부딪쳐 벌렁 드러누워 신음하고 있노라니 배 위에 타카사기가 걸터앉았다.

"꾸엑…."

"전혀 돼먹지 못했어. 뭐가 강해지고 싶다는 거냐? 웃기지 말라고, 잔챙이."

"…당신, 도… 옛날부터, 강했던 건, 아니, 라고… 말했잖아…."

"그야 뭐. 하지만, 생각해보니 네놈만큼 지독하지는 않았던 것 같아."

"…10년, 전의, 당신이, 라면… 지금의, 나라도… 이길 수 있다고…."

"그런 헛소리 따위 믿지 마, 멍청한 놈. 10년 전의 나라도 지금의 네놈 따위보다 백배는 강했다. 당연하잖아."

"…너, 너무해…."

"네놈은 쓸데없는 움직임이 많아."

타카사기는 나뭇가지를 버리고 파이프 담배를 입에 물더니 피우기 시작했다. 남의 배 위에서 뻑뻑거리고 자빠졌어. 무슨 짓이야?

망할. 밀어내려고 하면 못할 것도 없다. 하지만 그랬다가는 또 흠씬 두들겨 맞겠지. 어떻게 하면 돼…?

"한쪽 눈과 한쪽 팔을 잃고 배운 것이 있다. 인간이라는 놈은… 뭐, 오크든 뭐든 대개 그렇지만, 자기도 모르는 사이에 쓸데없는 것을 잔뜩 끌어안게 되는 거야. 강해진다는 것은 기술을 늘리는 것이 아니야. 군살 같은 불필요한 것들을 떼어내버리고 갈고닦는다. 그야말로 쓸데없는 짓을 하지 말고 해야 할 일만을 하는 것이다. 란타, 네놈은 그런 데엔 서툴 것 같군."

"…내 온몸이… 쓸데없는 걸로, 되어 있는 것처럼… 말하지 마…."

"한쪽 팔을 잃고…."

타카사기는 연기를 뿜어내며 천천히 왼팔을 치켜들었다.

그리고 조용히 내린다.

―무슨 일이람.

타카사기는 왼팔을 올렸다가 내린 것뿐이다. 그런데 그 왼손에 쥔 검, 그 궤적이 선명하게 눈앞에 떠올랐다. 존재하지도 않는 것이 란타에게는 보인 것이다.

"나는 오로지 검을 휘둘렀다. 원래 오른손잡이였으니까 왼손 하나로 살아가려면 익숙해지는 수밖에 없었다. 매일, 매일, 쓰러질 때까지 휘두르고 휘두르고 또 휘둘렀다."

"…노력하라는 건가?"

"노력 따위, 부질없어."

"아니, 하지만 당신, 지금."

"왜 내가 그렇게까지 하며 계속 검을 휘둘렀냐고? 간단한 일이다. 처음에는 아무튼 오른손처럼 잘 안 되니까 화가 나서 견딜 수가 없었다. 하지만 말이다. 그러다가 재미있어졌다."

"…마조냐고."

"어디가 나쁘다거나, 이렇게 하면 좀 더—라거나. 깨닫고, 수정하고, 시험해본다. 그 반복이 재미있었던 거야."

"마니악한 성벽이네."

"아무 생각도 없이 휘두르기를 계속 하는 것만으로, 쓰던 손이 아닌 왼손으로 제대로 검을 다룰 수 있겠냐? 그야 한우물만 파다 보면 어느 정도까지는 숙달되겠지만. 어디까지나, 어느 정도까지일 뿐이다."

"나는 생각이 없다는 건가?"

"부족한 것은 확실하겠지. 평범한 사람은 자기 몸과 머리를 쓰고 쓰고 또 써서 간신히 천재와의 차이를 분명히 알게 되지."

"…그 정도쯤은, 나도."

"네놈도 엄청 센 녀석 한두 명쯤은 알고 있겠지. 그러나 지금의 네놈으로서는 그런 놈들이 대단하다는 것조차 모를 거다. 구체적으로 자기와 어떻게 다른 건지. 어떻게 하면 놈들의 허를 찌를 수 있을지. 네놈은 짐작도 안 가지?"

"…짐작 정도는…."

"나는 우리 대장에게 이기기 위해서 방법을 천 가지 이상 생각했고 그중 세 가지는 성공할 가능성이 있다고 생각한다."

"그 잠보에게…?"

"대장도 아는 이야기지만, 내 바람은 대장을 죽이는 것이다."

"무엇 때문에 당신이 잠보를?"

"내 오른팔을 자른 것은 대장이거든. 원망하지는 않지만, 기왕이면 죽기 전에 죽이고 싶어. 대장을 죽이면 분명 기분이 좋겠지. 행복하고, 여한 같은 건 아무것도 없고, 최고일 테고… 분명 그러고 나면 뒈질 일밖에 안 남겠지."

"역시 도착증이야."

"그런가? 평생의 목적이라는 거다. 그런 게 있는 편이 활력이 있어."

"…평생의…."

있는 건가? 나에게는.

자문하자마자―얼굴이, 떠올랐다.

한 명이 아니다. 몇 명이나 되는 얼굴이.

말도 안 돼. 그렇게 생각했다. 어째서 녀석들 얼굴이? 무엇보다, 이상하잖아. 녀석들이 내 평생의 목적? 뭐야? 그게. 의미 불명이잖아.

그 녀석들과는 그저 우연히 만나서, 앞으로도 오래 이어질 긴 인생 중의 한때를, 아주 짧은 동안을 함께 행동했던 것뿐이다. 확실히 다룽갈에서는, 어쩌면 죽을 때까지 이 녀석들과 함께일지도 모른다고 생각한 적도 있었다. 하지만 그것은 단순히 상황적으로 그렇게 생각하는 것이 타당했기 때문이다. 다룽갈에도 마음씨 좋은 녀석은 있었으니까 운조처럼 반려자를 찾는 것도 가능했을지도 모르고, 그래서 놈들과 헤어졌을 가능성도 있었다. 누가 좋아서 그런 녀석들과 언제까지고. 모구조는 달랐다. 그 녀석은 파트너였지만 다른 녀석들은 단순한 동료에 불과했다.

말하자면 업무상의 교류라는 것이다. 그 녀석들과 있으면서 마음이 편해진다거나 여기가 내가 있을 장소라고 느꼈다거나 한 적은 솔직히 없다. 최소한의 신뢰 관계는 있었을 테지만, 아무튼 녀석들을 좋아하지도 않았고 녀석들의 호감을 사지도 않았다. 서로 인정했다기보다도 서로 타협하고 참았다.

여기는 그렇지 않아. 포르간은.

인간의 말이 통하는 자는 극히 소수이고, 질척거리는 것도 아니고, 거의 방치되는 상태지만 신기하게도 소외감을 느끼는 일은 별로 없다. 당연히 개중에는 란타를 달갑게 여기지 않는 자도 있겠지. 란타를 신용하는 것은 아닐 것이다. 그런데도 받아들여준다. 이건 뭐지? 믿을 수도 없고, 믿을 수 있을 리가 없는 녀석을, 아무렇지 않게 동료로 취급한다. 혹시나 이 넓이, 깊이가 독특한 편안함을 초래하는 건지도 모른다.

아마도 앞으로 전부 나 하기 나름이다. 나는 틀림없이 너희들 동료다—라고 행동으로 보여주면 된다. 그러면 분명 모두 서서히 믿어주게 될 것이다. 언젠가 그들의 울타리 안으로 넣어주겠지. 여자가 별로 없다는 것은 옥에 티지만, 그것은 신경 쓰지 않고 편하게 굴어도 된다는 뜻이기도 하니까 일장일단이 있다.

눈을 감았다.

여기에서의 미래가 쉽사리 그려진다.

점점 익숙해지고 매일 재미있고 유쾌해져서. 가끔씩 반항해도 확실하게 나를 휘어잡아주는 놈이 있고, 마음껏 날뛸 찬스도 있다. 잠보의 옷, 좋지. 멋지잖아. 저런 걸 입수해서 갑옷 위에 걸친다거나. 아니, 갑옷 따위 필요 없을지도. 잠보는 안 입으니까. 그렇다. 기동력이 밑천이니까 무거운 갑옷 같은 건 없는 편이 좋지. 사실은. 어떤 공격도 맞지만 않으면 괜찮은 거니까. 피해버리면 되는 거야. 피할 수 있게 되면. 그러기 위해서는 어떻게 하면 되나? 의논할 수 있는 상대도 여기에는 있다.

줄곧 원했던 것이—그것이 어떤 것인지 말로는 잘 표현할 수는 없지만, 아무튼 그 뭔가가 여기에 있는 것 같다.

"란타"라고 타카가시가 이름을 불렀다.

"…응?"

사실 그런 것, 아무리 원해도 손에 넣을 수 있을 것 같지 않다. 그러니까 반쯤, 아니, 99퍼센트는 포기하고 있다.

나에게 어울리는 장소 같은 건 없고 나를 이해해주는 자가 있을 리가 없다. 왜 그렇게 느끼는 건가? 모르겠다. 뭔가 계기가 있어서 그렇게 생각하게 된 건지. 설령 그렇다고 해도 그림갈에 오기 전 일이겠지. 기억나지 않는다.

—와 닿지 않는단 말이야.

언제나. 언제든.

어디에 있어도.

마음이 긴장하고 있어. 찌릿찌릿해.

긴장했었다인가?

지금은 그렇지도 않으니까.

"뭐야?"

"네놈은 정말로 강해지고 싶은 건가?"

그것이 평생의 목적인가?

타카사기는 그렇게 묻고 있다.

강해지고 싶은 거라고 치고, 그것이 목적인 건가? 아니면 강해지는 것은 수단일 뿐이고 그 강함으로 뭔가를 이루고 싶은 건가? 혹은 강해지고 싶다는 것은 도피 같은 것이고, 맞서야만 할 일로부터 눈을 피하려는 것뿐은 아닌가? —나는 뭘 하고 싶은 거지? 내 바람은…?

모르겠다, 그런 건. 모른다고.

"…그만 비켜, 아저씨. 마냥 내 배 위에 앉아 있지 말라고. 내가 의자도 아니고."

"싫다."

타카사기는 낮게 웃었다. 파이프에 담배 잎을 넣고 착화기 같은 도구로 불을 붙인다. 한 손으로 재주도 좋다.

"어쨌든, 강해지고 싶다면 단련시켜주지 못할 것도 없는데…."

"부탁해." 주저하지 않고 순순히 말해버린 자신이 의외였다.

타카사기도 약간 놀란 듯, 잠시 말없이 있더니, "…뭐, 됐어"라고 뭔가 알 것도 같고 모를 것도 같은 대답을 했다.

"더, 할 수 있어."

아까부터 쿠자크가 중얼중얼하고 있다.

"더 할 수 있어. 할 수 있다. 아직 할 수 있다. 할 수 있다, 아직."

그런 말을 중얼거리면서 궈렐라의 입에 대검을 꽂았다. 검 끝이 궈렐라의 뒤통수로 튀어나오자 쿠자크는 놈을 밀었다. 밀고, 끝까지 밀어 넘어뜨리고, 대검을 뽑는 것이 아니라 손목을 뒤집어 검을 옆으로 미끄러뜨린다.

대검이 궈렐라의 입에서 오른쪽 뺨으로 빠져나오고, 쿠자크는 또 "할 수 있어, 더"라고 중얼거리면서 쓰러진 궈렐라를 짓밟아 발판으로 삼고 가까이에 있던 다른 궈렐라에게 덤벼들었다.

"할 수 있다. 더 할 수 있다. 할 수 있다. 할 수 있다, 더 할 수 있다. 더."

숨결은 이미 거칠다. 쿠자크의 동작은 결코 재빠르지 않다. 오히려 느긋한 것처럼 보이기까지 한다.

쭉… 몸을 뒤로 젖히고 대검을 휘두른다.

훗, 크앗… 신음하며 대검을 내리친다.

크게 내리치는 것에도 정도가 있지. 어째서 저런 베기가 맞는 건가? 어떻게 궈렐라의 체표면을 덮은 단단한 각피를 쉽사리 파괴해버리는 건가?

훗, 카앗, 하앗, 쿠웃, 훗, 끙, 웃… 괴로운 듯한, 당연히 엄청나게 괴로울 테지, 거친, 너무나 거친 숨을 내쉬면서 그러는 사이사이에 "아직 할 수 있어. 할 수 있어. 더 할 수 있어. 할 수 있어. 더 할 수 있어. 할 수 있어. 아직…"이라고 중얼거리면서 쿠자크는 멈추지 않는다. 적을 찾아 대검이 저 혼자 움직이고 쿠자크는 거기에 끌려가는 것 같기도 하다.

너무 지칠 대로 지친 탓에 다리에 힘을 주고 버틸 수도 없어서 쿠자크가 대검을 휘두른다기보다 대검에 휘둘리는 듯한 모양새가 된 건가? 아니, 아니다. 그게 아니야.

성기사는 대개 검을 휘두를 때에 중심을 남긴다. 극단적으로 말하자면, 온몸을 쓰는 것이 아니라 팔만으로 검을 휘두른다.

힘껏 앞으로 내딛고 몸으로 덮는 것처럼 공격하면 일격의 위력은 커지지만, 아무래도 빈틈이 생겨 방어가 허술해져버린다. 그래서 성기사는 방패로 자신을 지키고 또한 동료를 보호하면서 재빨리 베기나 찌르기를 상대에게 날린다. 절호의 기회가 찾아오지 않는 한 혼신의 일격을 내지르거나 하지 않는다. 그것이 수비가 견고한 성기사의 전투 방식인 것이다.

지금의 쿠자크는 그렇지 않다.

팔만으로 휘두르는 건 고사하고, 온몸을 내던지는 것처럼 대검을 휘두르고 있다. 게다가, 한 칼 한 칼 예외 없이 전부 이판사판에 필살이다.

"아직… 크앗… 할 수 있어어… 엇!"

쿠자크가 또 다른 귀렐라를 어깨부터 비스듬히 내려 베었다. 정말 놀랄 일이다. 쿠자크의 대검은 귀렐라의 왼쪽 어깨부터 오른쪽 허리까지 일직선으로 베어 단칼에 동강을 내버렸다. 그 귀렐라는 베이기 직전에 겁을 먹고 점프하려고 했다. 쿠자크는 그것을 근사하게 포착하고 베어버렸다.

"─할 수, 있어··· 카앗, 아직! 할 수 있어, 웃··· 핫, 더 할 수 있어···!"

귀렐라들은 쿠자크가 두려워서 도망가지는 않았지만, 명백하게 나서는 것을 주저하고 있었다. 오로지 쿠자크 혼자서 귀렐라들을 압도하고 있다.

하지만 저래서는 길게 버티지 못한다. 오래갈 리가 없다.

"우랴아아아···!"

쿠자크가 상체를 틀며 두 손으로 든 대검을 치켜들었다.

그러다가, 딱 멈췄다.

한계는 이미 지났을 터였다. 쿠자크는 자기 한계를 넘어 싸웠고, 그러지 않았다면 도달할 수 없는 경지에 도달했다. 거기에서 지금 발을 헛디디려고 한다. 그 앞에는 정말로 아무것도 없다. 떨어질 뿐이다. 낙하하면 살 수 없다.

언젠가, 머지않아 이렇게 될 거라고 예상하고 마음의 준비는 하고 있었다. 몸은 어떨까? 솔직히 잘 모르겠다. 하루히로는 힘을 쥐어짜 내어 달렸다. 나는 어디까지 할 수 있을까? 쿠자크뿐만이 아니라 모두─하루히로 본인도, 유메도, 시호루도, 게다가 자기 것이 아닌 지팡이를··· 헤드 스태프를 손에 들고 시호루를 지켜주는 세토라도 할 수 있는 일은 하고 있다. 발을 앞으로 내밀려고 해도 금방은 나가주지 않는다. 무기가 유난히 무겁고, 시야는 묘하게 좁다. 머리도 제대로 돌아가지 않는다. 모두 똑같겠지. 힘을 쥐어짜 낸다. 정말로 이게 고작이다. 이런 상태에서 생각하는 일은 전부 잘못된 것 아닐까 하고 하루히로는 의심했다. 자신은 어떻게든 상황을 파악하고 있다고 착각하지만 실제로는 파악하지 못하는 것 아닐까?

확실한 것이 하나도 없다. 내가 할 수 있는 일 같은 건 실은 이제 아무것도 없는 것 아닐까? 그래도 하루히로는 달렸다. 달리지 않을 수가 없었다.

귀렐라들이 쿠자크에게 덤벼들려고 했다. 하루히로는 쿠자크에게 달라붙었다. 간신히 늦지 않았다. 쿠자크를 끌어당기면서 외쳤다. "─시호루…!"

"다크, 울어라…!"

시호루가 엘리멘탈 다크를 발사했다. 다크가 슈부부부라는, 심상치 않은 이음? 진동을 발하면서 날아다닌다. 귀렐라들이 겁을 먹고 있는 사이에 쿠자크를 데려가야 해. 하지만 데려가다니, 어디로? 모르겠다. 몰라도 가야 해.

"하루 군…!" 유메가 손을 내밀어준다.

아아─.

"하루…!"

세토라도.

세 명이 끌어도 무겁다. 쿠자크는 몸이 크고 하루히로 일행과 달리 튼튼한 갑옷을 입었다. 머리를 푹 덮는 투구도 썼다. 이 중장비로 용케도 그렇게 싸울 수 있었구나. 대단하다는 말밖에 나오지 않는다.

하루히로 일행은 결국 감옥 입구 부근까지 쿠자크를 운반했다.

"확산…!"

입구 부근에서 시호루가 지팡이를 휘둘렀다. 날아다니며 이음으로 귀렐라들을 겁주던 다크가 폭발하며 순식간에 퍼졌다. 안개의 다크. 다크 미스트. 귀렐라들 입장에서 보면, 이상한 소리에 이어 검은 안개로 시야가 뒤덮인 셈이 된다. 가만히 있을 수가 없겠지. 검은 안개 탓에 보이지는 않지만, 아무래도 귀렐라들은 우왕좌왕하는 것 같다. 가능하면 그대로 계속 안절부절못해주길 바란다. 물론 무리한 요구다. 시호루도 언제까지고 다크 미스트를 유지할 수 있는 것은 아니다. 아니, 그리 길게 버티지는 못하겠지.

쿠자크는 감옥 외벽에 등을 기대고 땅바닥에 앉아 있다. 앉혀놓았다고 하는 게 맞을지도 모른다. 동료들이 잡아주지 않으면 쿠자크는 분명 쓰러져버린다. 그래도 쿠자크의 오른손은 마치 일체화된 것처럼 대검을 꽉 쥐고 놓으려고 하지 않는다.

"…할 수 있어, 아직… 더… 할 수 있어…."

투구 안에서 쿠자크는 그렇게 중얼거린다.

아직 할 수 있어… 라고, 하루히로가 입에 올렸던 말을 되뇌고 있다.

이제 됐어. 이제 충분하니까─라고 말해주고 싶다.

하지만 말할 수 없다.

그렇게 말하면, 그러자마자 쿠자크는 어딘가로 가버리고 두 번 다시 돌아오지 못하는 것 아닐까? 쿠자크를 동료들이 있는 장소에 묶어놓는 실 같은 것이 뚝 끊어져버릴지도 몰라. 하루히로는 무서웠다. 말을 거는 것이 무섭다. 하지만 이대로 두는 것도 무섭다. 지금 이 순간에도 쿠자크는 그들 곁에서 멀어져가려는 건지도 모른다. 그렇다면 도로 불러와야 한다.

"쿠자쿵…!"

이런 때는 언제나 유메의 과감함에 도움받는다.

유메가 이름을 부르며 어깨를 흔들자, 쿠자크는 "훗…!"하고 숨을 들이켜고, 놀랍게도 일어서려고 했다. 하루히로는 아연실색했다. 말도 안 돼. 일어설 수 있어? 그보다, 아직 움직일 수 있는 거야?

그래도 과연 서는 것은 무리였던 모양이지만, 쿠자크는 왼손으로 투구 바이저를 올리고 주변으로 시선을 돌려 둘러본다.

"…하루히로. 다들. …어라? 메리 씨는…?"

"안에서, 쉬게 됐어."

누구야? 하루히로는 생각했다. 그런 말을 한 것은 누구인가?

나 자신이라고, 곧바로 깨달았다. 반사적으로 튀어나온 말이라고 는 해도 잘도 뻔뻔하게 말했구나. 하루히로는 자신을 부끄럽게 여 겼으나, 이걸로 됐어—라고도 생각했다. 사실 그녀는 쉬고 있다. 거 짓말이 아니다—라고 자신에게 이르려고 했다. 어쩌면 그렇게 생 각하고 싶었는지도 모른다.

유메가 입구에서 감옥 안쪽을 쳐다보았다. 그리고 세토라가 들고 있는 헤드 스태프를 흘끗 보고 하루히로 쪽으로 얼굴을 향했다.

하루히로는 눈을 피했다.

"…그렇… 구나…."

쿠자크는 머리를 몇 번이고 끄덕였다.

"Foooooooooo Foooooooooo Foooooooooooooo."

검은 안개 너머에서 놈의 목소리가 들렸다. 게다가 비교적 가깝 다. 비교적이랄까, 상당히 가깝다.

오는 건가?

놈이.

수컷 귀렐라가 성숙해지면 뒤통수에서부터 등에 걸쳐 빽빽하게 자라는 갈기 상태의 모각(털뿔)이 적색화한다. 귀렐라 무리는 보통 이런 레드백이라 불리는 강건한 수컷을 중심으로 레드백의 아내인 암컷 몇 마리와 그 새끼들에 의해 형성된다고 한다. 하지만 하루히로 일행을 오랫동안 추적하고 지금 현재 이 제시랜드를 습격한 무리는 달랐다. 레드백이 몇 마리나 있고 전체적인 숫자가 유난히 많다.

덩치가 한 둘레는 더 크고 강한 레드백이 여러 마리의 무리를 통합해서 이끄는 것 아닐까? 하루히로는 그렇게 추측했다. 실제로 이 무리에는 유난히 덩치가 큰 레드백이 있었는데, 그놈은 쿠자크가 해치웠다. 그리고 그 지나치게 큰 레드백이 죽어도 귀렐라들은 동요하지 않고 날뛰고 있다. 이 특수한 무리의 리더는 그 대형 레드백이 아니었다.

아마도, 놈이다.

레드백 한 마리가 검은 안개의 베일을 밀어젖히고 모습을 드러냈다. 하루히로와 눈이 마주친 것은 우연이 아니겠지. 놈은 명백하게 의식하고 하루히로를 보고 있었다. 마치 하루히로를 찾으러 와서 마침내 발견한 것 같았다.

놈의 각피로 덮인 안면이 구겨지듯 일그러졌다. 웃은 건가?

또 웃었다.

틀림없다. 웃는 레드백. 이 무리의 리더는 놈이다.

하루히로는 모두에게 경계를 재촉하려고 했다. "다들—어….“

놈이 발길을 돌린 것이다. 검은 안개에 묻혀 놈의 모습은 이제 보이지 않는다. 하루히로는 멍해졌다.

지금 그건 도대체 뭐였던 건가?

"Fooooooo Fooooooooooo Foooooooooooooo."

검은 안개 속에서 또 그 목소리가 울렸다.

"Ho!"

"Heh!"

"Hoh! Hoh!"

"Heh Heh Heh!"

"Ho! Ho! Ho! Ho!"

궈렐라들의 포효가 끓어올라 메아리친다. 그런가.

그런 건가.

하루히로는 자기의 둔함을 부끄러워하면서 깨달았다. 놈은 스스로 하루히로 팀이 있는 곳을 찾아냈다. 그러고는 자기가 직접 손을 대는 것이 아니라 동료 궈렐라들에게 덮치게끔 하고 있다. —그래서?

어떻게 해?

이미 일각의 지체도 할 수 없다. 어떻게든 해야 한다. 뭔가.

뭔가, 방법이 있기라도?

있다고는 생각할 수 없다.

"아무도, 죽지 마…!"

하루히로가 입 밖에 낸 것은 지시가 아니다. 격려조차도 아니다. 그것은 단순한 하루히로 본인의 바람일 뿐이었다. 게다가 아마 이룰 수 있을 것 같지 않다.

"흩어져…!" 시호루가 지팡이를 휘둘렀다. 확산해서 검은 안개가 되었던 다크가 산산이 흩어져 흔적도 없이 사라진다. 시호루는 쉬지 않고 곧바로 다시금 다크를 소환했다. "…저 레드백을, 쓰러뜨리면…!"

쿠자크가 "…영차!"하고 대검을 짚고 일어서려고 했다. 몸이 일어나지지 않는다는 것을 알자마자 곧바로 유메가 "냐옹!"이라며 손을 내밀어준다.

"어이없네…."

세토라는 핀잔 같은 말을 중얼거리면서도 헤드 스태프를 겨누었다. 그 발 옆에는 어느새 회색 냐아 키이치가 와 있었는데, 등을 굽히고 온몸에 털이 곤두서 있다. 주인과 함께 싸울 준비는 갖춰졌다고 말하는 것 같다.

검은 안개는 진작 걷혀 귀렐라들이 뚜렷이 보였다. 레드백이 두 마리, 아니, 세 마리인가? 젊은 수컷 귀렐라가 십여 마리. 그 뒤와 건물 지붕 위에 암컷 귀렐라들도 있다. 웃는 레드백은 보이지 않는다.

비교적 침착하네. 하루히로는 생각한다. 될 대로 되라는 건가?

"카아아아아아아아아아아아아아아아아아아아아아아…!"

자신을 분투시키기 위해서겠지, 쿠자크가 큰 소리를 내며 전진한다. 발걸음은 무겁고 둔하다. 두 손으로 칼자루를 쥐고 대검을 질질 끄는 것처럼 들고 간다. 그 검의 끝이 지면에 가느다란 자국을 새긴다.

갑자기 그 끝이 튀어 올랐다.

대검이 섬광 같은 궤적을 그린다.

제일 앞에서 마주오던 레드백의 오른팔이 목과 함께 날아갔다.

쿠자크는 그대로 고꾸라질 뻔했다.

아슬아슬하게 버티고 서서 고개를 툭 떨군다. 어깨를 늘어뜨리고, "하아…"하고 깊이 숨을 내뱉는다.

젊은 수컷이 쿠자크에게 덤벼들려고 한다. 하루히로는 정면에서 그 녀석에게 달려들었다. 젊은 수컷이니까 적색화되지는 않았지만, 그래도 갈기 같은 모각은 딱딱하고 날카로워서 하루히로의 몸을 찔렀다.

상관할쏘냐. 젊은 수컷의 왼쪽 눈을 스틸레토로 쑤셨다. 젊은 수컷이 몸을 뒤튼다. 하루히로는 스틸레토를 빼내고, 찌른다. 빼내고 찌른다.

"Booooooooooooooooooooooooohhhhhhhh…!"

젊은 수컷이 짖었다. 놈의 오른손이 하루히로의 머리를 움켜잡는다. 왼손은 하루히로의 왼쪽 옆구리를 잡았다. 놈은 하루히로를 떼어놓으려고 했다. 아무튼 스틸레토로 찔러대는 수밖에 없다. 찌르고 또 찔러 치명상을 입히지 않으면. 죽어라. 죽어라. 죽어라. 부탁이니까, 죽어줘.

젊은 수컷의 손이… 아니, 온몸에서, 힘이 빠져나갔다.

놈이 바닥에 쓰러진다. 그전에 하루히로는 놈에게서 떨어졌다. 하지만 숨을 돌릴 틈도 없다.

"하루…!" 세토라가 외쳤다.

왼쪽 비스듬히 뒤에서인가? 다른 귀렐라가 하루히로에게 덤벼들려고 했다. 레드백인가?

"가라…!"

시호루가 간발의 차이로 다크를 쏴주지 않았다면, 하루히로는 그 레드백에게 깔려 순식간에 숨이 끊어졌을지도 모른다. 다크는 레드백의 왼쪽 어깨 부근으로 쓱 빨려 들어갔다. 레드백이 몸을 떤다. 눈과 콧구멍에서 피가 흘러나왔다. 레드백은 휘청거렸다. 그러나 죽지는 않았으니, 다시 자세를 잡을지도 모른다.

하루히로는 레드백에게 달려가 스틸레토를 놈의 오른쪽 눈에 끝까지 쑤셔 박았다. 아직이다. 일격으로는 부족해. 확실하게 죽여야 해. 그럴 작정이었다.

"캇…!"하고 쿠자크가 날려가기에 그쪽을 보니, 그놈이 있었다.

웃는 레드백.

없었는데. 또 나타난 건가?

쿠자크는 웃는 레드백에게 날아차기를 맞은 모양이다. 놈은 이쪽을 보았다. 또 웃는 건가 했더니, 아니었다. 놈은 두 손으로 바닥을 때렸다. 그리고 두 다리를 굽혀 좌우의 팔로 몸을 지탱하고 하반신을 추처럼 흔들더니… 날아온다.

하루히로는 필사적으로 옆으로 날았다.

데굴데굴 구르다 일어났다.

피한 건가? 피하지 못했다면 아마 지금쯤 살아 있지 못했을 것이다.

웃는 레드백은? 놈은 어디지? 찾고 있을 수는 없었다. 뭔가 외치면서 젊은 수컷 귀렐라가 덤벼들었다. 하루히로는 몸을 틀어 아슬아슬하게 수컷 귀렐라를 피하고, 위험해, 반사적으로 몸을 젖히자 다른 귀렐라가 맹렬하게 휘두른 팔이 코끝을 스치고 지나가고, 뭔가가 오른쪽 다리를 스쳐 넘어지고… 반사적으로 반쯤은 스스로 굴렀지만, 자기도 모르게 "우왓!"하고 소리를 내면서, 자기를 밟으려는 귀렐라의 발을 피해 몸을 옆으로 굴려 도망치고 또 도망쳤다.

죽기 살기로 구르다가 부딪쳤다. 건물 외벽인가? 감옥? 구석에 몰린 건가? 반격해야지. 일어서. 일어나서, 그리고. 늦을지도 모른다. 설령 타이밍이 안 맞는다고 해도 하는 수밖에 없다.

"타앗…!"

쿠자크.

쿠자크인가?

쿠자크인 건가?

쿠자크는 바로 지금 그야말로 하루히로를 때려죽이려는 젊은 수컷 궈렐라에게 대검을 쑤셔 박고 "이야압…!" 몇 번이나, "카앗! 타앗! 으랍…!" 몇 번이나, 몇 번이나 베고, "하룻…." 그 궈렐라가 쓰러질 때까지. "히로오아아아아아앗…!"

"응…!" 벌떡 일어나며, 뭐가 응이야, 끝일 수는 없다고 하루히로는 생각한다. 아직 나는 죽지 않았다. 끝나지 않은 거다. 설령 누군가를 잃더라도, 슬퍼도, 괴로워도, 힘들어도, 아파도… 그래서 끝나는 것이라면 진작 끝났을 것이다. 하지만 끝나지 않는다. 끝난다는 것은 그렇게 간단한 일이 아니다. 간단히 끝일 리는 없다.

"이얍…!" 쿠자크가 대검을 휘두른다. 궈렐라를 노린 것이겠지. 그러나 헛손질이었고 그 궈렐라는 오른팔로 쿠자크를 일격으로 날려버린다. 쓰러진 쿠자크에게 궈렐라가 올라탄다. 쿠자크가 괴로움에서 벗어나려고, "쿠앗…!"하고 내지른 대검이, 우연인지도 모르지만, 궈렐라의 가슴에 박혔다. 그러나, 아직이다. 궈렐라는 아직 숨이 끊어지지 않았다.

궈렐라는 발광했다. "Gu Ho! Ha Hy…!" 쿠자크를 향해 두 손을 뻗었다. 쿠자크는 "후옷! 카앗…!"하고 외치며 궈렐라를 발로 차내려고 했다.

하루히로는 그 귀렐라의 등에 달라붙어 놈의 오른쪽 안구에 스틸레토를 꽂았다, 뺐다. 꽂았다, 뺐다. 꽂는다. 귀렐라의 온몸이 이완된다. 하루히로가 떨어지자 쿠자크가 귀렐라의 시체를 "응차…!"하고 밀어냈다.

쿠자크의 팔을 잡아 일으켜주려고 했을 때, 뭔가… 뭔가라고밖에 말할 수 없는 것을 느끼고, 쳐다보니, 7~8미터 떨어진 곳에, 유메가 큰 대자로 뻗어 있었다.

"유멧…!"

하루히로는 쿠자크의 팔을 놓았다. 유메 쪽으로 달려가려고 했다. 귀렐라가 옆에서 돌진해서 방해했다. 이놈. 거치적거린다. 방해하지 마. 유메한테 가야 하는데. 하지만 하루히로에게는 그 귀렐라를 강제로 처치할 힘은 없다. 그렇다고 그 귀렐라를 잘 피해서 유메 곁으로 달려갈 수 있을 정도로 하루히로의 몸은 기민하게 움직여주지 않는다.

다크가 우오오오옹 하고 날아가 귀렐라를 경련시켰다. 그러나 그것은 하루히로가 상대하는 귀렐라가 아니다. 쿠자크에게 덤벼들려던 다른 귀렐라다.

귀렐라가 하루히로를 향해서 팔을 뻗었다. 하루히로는 정말로 아슬아슬하게 피했다. 유메가 걱정된다. 귀렐라의 공격을 간신히 피하면서 힐끔힐끔 유메를 보게 된다. 위험해. 눈앞의 적에게 집중하지 않으면, 당한다.

"쿠자크, 유메를…!"

말해본 것까지는 좋았지만, 쿠자크는 지금 어떤가? 과연 싸울 수 있는 상태인 건가? 귀렐라가 계속 공격하기 때문에 확인할 수 없다. 유메가 벌떡 튀어 오르듯이 일어나는 모습을 본 것도 같다. 하지만 정확하지는 않다. 적의 공격이 날카로운 건지, 하루히로가 계속 한 박자씩 늦는 탓인 건지, 당장이라도 자세가 무너져 한 방 맞을 것 같다. 한 방이라도 맞으면 버틸 수 없다. 이놈만 상대하고 있을 수도 없는데, 적은 이놈 말고도 있다. 많다. 지나칠 정도로 많다.

"데름 헬 엔 기즈 바르크 젤 아르부…!"

주문 영창. 저건 시호루가 아니다. 목소리가 달라. 애초에 시호루는 한참 전부터 다크 이외의 마법을 쓰지 않는다. 하지만 저 주문은 알고 있다. 아니, 아마도 비슷한 주문을 들은 적이 있을 거다.

엄청난 충격이, 폭음이, 열이, 둥―하고 정면에서 부딪치고 밑에서부터도 솟구쳐 올라왔다.

하루히로는 날려가지는 않았으나 몸이 뒤로 젖혀져 하마터면 뒤로 넘어질 뻔했다. 몇 마리나 되는 귀렐라들이 발사되듯 날아가는 것을 하루히로는 보았다.

폭발이다.

상당히 대규모의 폭발이 일어났고, 그것이 마법에 의한 것이라는 건 순식간에 이해했다. 누가 한 일인지도 짐작이 갔다. 시호루가 아니라면, 한 사람밖에 없다.

제시.

십중팔구랄까, 틀림없이, 그 남자겠지.

"―이런…!"

하루히로는 바로 옆에서 머리를 감싸 쥐고 나뒹구는 귀렐라의 눈을 스틸레토로 찌르며 외쳤다. 이런… 이런 마법을 쓸 수 있다면,

처음부터 쓰면 좋았잖아. 진작 썼어야 하잖아. 피해가 커지기 전에. 그랬으면. 블래스트(폭발)인지 혹은 그 상위의 마법인지, 그로 인해 날아가고, 지독하게 당황하고, 두려워하기까지 하는 귀렐라들을 잇달아 해치우면서, 하루히로는 말이 제대로 나오고 있는 건지 그저 외침 소리를 내고 있는 것뿐인지 스스로도 알 수 없었다.

여기저기에서 녹색 외투를 걸친 자들이 귀렐라에게 병을 내던졌다. 그들은 제시에게서 훈련받아서 무장하고 이 제시랜드의 경비를 담당하는 레인저다. 레인저는 원래 24명 있었으나 귀렐라의 습격으로 사망자가 생겼다. 그래도 열 명 넘게 살아남은 모양이다. 레인저들은 귀렐라에게 병을 던지는 것뿐만이 아니었다. 몇 명의 레인저는 활을 겨누고 있다. 그 활시위에 있는 것은 그냥 화살이 아니다. 화살촉이 불타고 있다. 불화살이다.

불화살이 날아간다. 어지간히 위력이 있는 긴 활이나 석궁이 아니면 귀렐라의 각피를 관통하는 화살을 쏠 수는 없겠지. 하지만 저 불화살은 박히지 않아도 된다.

몇 마리의 귀렐라에게 불이 붙었다. 분명 병에 들어 있던 액체 때문이다. 그것은 가연성 기름이나 그런 것인 모양이다. 그 액체가 화살촉의 불꽃에 인화한 것이겠지. 타오른다고 할 정도로 격렬한 불꽃은 아니다. 그래도 귀렐라들은 비명을 지르며 불타고 뒹굴었다. 불은 귀렐라에게서 귀렐라로, 혹은 액체가 흩뿌려진 바닥으로 옮겨 붙어 넓게 퍼졌다.

하루히로는 자세를 낮추고 외투 목깃 부분을 끌어올려 입을 막았다. 연기가 엄청나다. 건물에도 옮겨 붙기 시작했다. 제시랜드의 거의 중앙에 있는 이 마을 건물은 대부분 목조로, 지붕은 초가지붕이다. 일단 불이 붙기 시작하면 진화할 틈도 없이 거의 다 타버리는 것 아닐까? 레인저들 본인들의 의사로 이런 일을 하고 있다고는 생각할 수 없다. 그들은 제시의 명령에 따르는 것일 터다. 제시는 귀렐라와 함께 마을을 태워버릴 생각인 건가?

주민 중에는 아직 도망가지 못하고 집 안에서 떨고 있는 자도 있을지도 모르지만, 대부분은 귀렐라에게서 죽임을 당했거나 피난했거나 했다. 건물은 타버려도 다시 지으면 된다. 그렇게 생각하면 나쁜 방법은 아니… 지 않을까?

확실히 사나우면서도 교활한 귀렐라 무리를 몰아내는 방법이 이것 말고 더 있을까? 라고 누가 묻는다면 하루히로는 답이 아무것도 떠오르지 않는다. 제시도 어쩔 수 없이 고육지책으로 내린 결단일지도 모르지만, 그래도 아무래도 납득이 가지 않는다.

제시는 하루히로에게 감옥을 이용하라고 조언했다.

넓은 장소에서 귀렐라들에게 포위당하면 그냥 끝이다. 가급적 튼튼한 건물에 틀어박혀서 들어오는 귀렐라만 쓰러뜨리는 방식이라면 당장은 벗어날 수 있겠지. 하루히로는 순간적으로 그렇게 생각하고 제시의 말에 따랐다.

하지만 결과적으로 하루히로 팀에게 있어서 그 선택은 중대하고 통한의, 치명적인 미스였다고 말하지 않을 수가 없다.

그러면 제시에게 있어서는 어떤가?

"…미끼였나."

제시는 감옥을 쓰라고 하루히로에게 조언한 것이 아니다. 그 남자는 분명 하루히로 팀을 이용할 속셈이었다. 하루히로 일행을 미끼로 세워 귀렐라들을 유인해서 시간을 벌고 그 사이에 공격 준비를 갖췄다. 하루히로 일행은 귀렐라 앞에 내던져진 먹잇감이었다.

애초에 스스로 뿌린 씨앗 아닌가? ─라는 목소리가 들린 것 같아 눈물이 흘러나올 것 같았다. 여기까지 귀렐라 무리를 데려온 것은 하루히로 일행이다. 그 탓에 제시랜드 주민이 많이 죽었다. 귀렐라를 쓰러뜨리기 위해서 이용당한다 해도 어쩔 수 없지 않은가. 제시에게 불평할 입장이 아니다. 자신에게 제시를 비난할 자격이 있다고 생각하는 건가? 그런 것, 있을 리가 없잖아.

하지만, 아아… 그래도….

"메리."

그녀의 이름을 불러버렸다. 부르고 싶지 않았다. 그 이름을 입에 올리고 싶지 않았다. 하루히로는 무서웠다. 지금은 그냥 흐릿한 것이, 명료하게, 움직일 수 없는 확고한 형태를 띠고 눈앞에 우뚝 서서 앞길을 막아버릴 것 같아서. 가능하면 흐릿한 채로 두고 싶었던 것이다. 줄곧. 이룰 수 있는 일이라면, 언제까지고. 없었던 일로 할 수 있다면, 그러고 싶다. 그녀가 없다는 사실이 흐릿한 채로 있으면, 어떻게든 해서 그것을 지워버리는 것도 불가능하지는 않을 것 같은, 그런 착각 속에서 흔들흔들 떠돌며 있을 수 있다. 예를 들면, 모든 것이 꿈에 불과하고. 눈을 떠보면, 아, 역시 꿈이었구나─하고 안도한다. 그럴 가능성도 없지 않다고, 마음속 어딘가에서 믿고 있을 수 있다. 아마도 앞으로 몇 번이나 꾸게 될 것이다. 그녀가 아직 있는 꿈을. 그 꿈에서, 그것 봐, 잘못 안 거였어, 그녀는 있어, 왜 그녀가 이제 없다고 생각한 걸까? 라며 하루히로는 쓴웃음을 짓겠지. 그리고, 꿈에서 깬다. 최악의 각성의 순간이 다가온다. 하루히로는 이미 똑같은 경험을 한 적이 있으니까, 그 순간의 심정을 뚜렷

하게 떠올릴 수 있다. 하지만 말이야—라고 하루히로는 생각하려고
했다. 그녀가 있는 꿈을 꿀 때가 있다면, 그녀가 없는 꿈을 꿀 때도
있을 것이다. 그러니까 그녀가 없다는 실감이 이런 식으로 흐릿한
거고, 그래서 이것은 꿈인지도 몰라. 왜냐하면, 그녀가 이제 없다
니, 그런 일은 있을 수 없잖아.

메리가 죽었다니, 거짓말이다.

제시에게 넘어가 이용당한 탓에 메리는 죽었다.

애초에 귀렐라 무리를 여기까지 끌어들이지 않았다면 이런 일은
일어나지 않았다.

하루히로는 정말로 많은 실수를 범했다.

그 탓에 메리는 죽었다.

하루히로의 눈앞에서 죽어버렸다.

죽임당했다.

아니야.

—내가 죽인 거나 마찬가지잖아?

적어도 메리를 죽게 한 것은 나야.

나라고.

내 탓인 거야.

미안해, 메리.

마지막에 웃어주었지만. 왜 메리가 웃었는지 전혀 모르겠어.

왜냐하면, 내 탓이잖아. 내가 죽게 만들었어.

소중한 동료인데.

나, 메리를, 좋아했는데.

정말 좋아했는데.

나는 메리를 지키지 못했다. 지키긴 고사하고, 그때 메리가 감옥에 들어온 귀렐라에게 반격하지 않았다면 죽은 것은 나였을지도 모른다. 분명 나였다. 메리는 나를 구해주었다.

내가 아직 살아 있는 것은 메리 덕분인 것이다.

메리를 죽게 놔두고 나는 뻔뻔하게 살아 있는 것이다.

"Hy AAAAAAAAAAAaaaaaaaaaaahhhhhhh…!"

무시무시한 포효가 울려 퍼졌다. 곧바로 놈이라는 것을 알았다.

웃는 레드백.

놈은 하루히로에게서 10미터도 떨어지지 않은 장소에서 하늘을 향해서 짖었다. 웃고 있지는 않다. 아마도 지독하게 분한 것 같다. 하루히로는 놈의 기분을 이해할 수 있었다. 하루히로도 놈과 같았으니까. 화가 난다거나, 열받는다거나, 그런 차원이 아니다. 누구에게인지 무엇에인지, 대상은 여러 가지가 있어도 분명 자기 자신에 대해서 가장 분개하고 있다. 놈은… 그리고 하루히로도, 함정에 빠졌다. 함정을 판 자보다도 더, 거기에 빠진 자기 자신을 무엇보다도 용서할 수 없다.

"WeRuu Ruu Ruuuu Ruu Ruu WeRuuuuuuu…!"

하지만 놈은 보통내기가 아니다.

한순간 전까지 허공을 향해 포효하고 있던 웃는 레드백이 갑자기 펄쩍 뛰면서 기묘한 소리를 내기 시작했다. 저 목소리는 분명히 철수 신호다.

놓칠 줄 알고.

하루히로는 달려 나갔다. 빨리는 달릴 수 없다. 빠른 걸음에 약간 속도를 더한 정도가 고작이었지만, 그래도 발을 멈출 수는 없었다.

알고 있다. 너를 알고 있어. 너는 일단 물러나도 반드시 또 오겠지. 살아 있는 한 집요하게 하루히로 일행을 계속 노릴 것이다. 그러기 위해서, 말하자면 전략적 퇴각을 선택하려는 것뿐이다.

끝내려면, 어떻게 하면 되는가?

"WeRuu Ruu Ruuuu Ruu Ruu WeRuuuuuuu…!"

동료들에게 그렇게 외치면서 놈도 도망치려고 한다.

힐끔, 이쪽으로 얼굴을 향했다.

눈치 챘다.

아직 놈까지 5미터 이상 거리가 있다.

"저놈을…!"

하루히로는 고함치며 달렸다.

쿠자크라도 제시라도 레인저라도 누구든 좋다. 놈이다. 놈을 어떻게든 하지 않으면. 여기서 죽이지 않으면. 놓칠 수는 없다. 소용 없어진다. —그녀의, 메리의 죽음이, 쓸모없어지고 만다. 의미가 있든 없든, 변하지 않는다. 이미 나와버린 결과가, 거기에 있는 사실이 변할 리가 없다. 하지만 그래서는 너무나 슬프잖아. 적어도 의미가 있다고 생각하고 싶잖아. 메리가 죽고, 덕분에 목숨을 건지고, 놈을 해치울 수도 있었다. 하지만 그런 스토리로 위안받는 일은 사실 앞으로 영원토록 없을 테고, 이 상처는 결코 아물지 않는다. 상처를 치유해줄 메리를 하루히로는 잃은 것이다. 무엇으로도 이 상실감을 메울 수는 없다. 그러니까 결국 의미 따위 없다. 이제부터 하루히로가 뭘 한다고 해도, 메리가 없어졌다는 사실에 의미를 부여하는 건 불가능하다.

이제, 이기든 지든, 그런 건 상관없다. 아무튼 내가 너를 죽이든,

너에게서 죽임을 당하든, 둘 중 하나다.

끝낸다.

결말을 짓는다.

하지만 놈은 빠르다.

아니면 하루히로가 느린 건가?

어느 쪽이든, 눈 깜짝할 사이에 놈과의 거리가 두 배까지 벌어졌다.

"으랴아아…!" 한 명의 레인저가 놈에게 병을 내던졌다. 크림색 피부. 빨간 눈. 저 레인저. 얀나라고 했던가? 병은 부서져 안에 있던 기름을 뿌렸고 놈은 흠뻑 젖었다. 아랑곳하지 않고 놈은 너클 워크로 달렸다. 다른 레인저가 두 개, 세 개, 불화살을 쐈지만 전부 맞지 않았다.

"데름 헬 엔…."

그것이 제시의 목소리라는 것은 알았지만, 그 남자는 어디에 있는 건가? 보이지 않는다. 하지만 제시가 주문을 읊어 마법을 쓰려고 한다. 저것은 아르부 매직(화열 마법)이다.

"사라스 트렘 리그 아르부…!"

웃는 레드백의 앞쪽에서 하늘을 태워버릴 정도의 거대한 불기둥이 솟아올랐다. 불기둥은 기세가 수그러들지 않고 놈의 앞길을 가로막았다. 파이어 월(화염벽). 그 상위 버전인가?

놈은 어떻게 할까?

멈추지 않는다.

그대로 돌진할 셈이다. 병에 들어 있던 기름을 뒤집어썼는데도. 놈은 저 불기둥을 피하지 않고 돌파해서 도망칠 작정이다.

불기둥은 주위의 건물을 휘감고 활활 타오르고 있다. 저 불기둥을 똑바로 빠져나가면 어디로 나가는가? 하루히로는 놈이 가는 앞쪽을 짐작하고 불기둥과 타오르는 건물을 우회했다.

놈은 있었다.

불꽃을 나부끼며 훨씬 앞쪽에서 질주하고 있다. 이제 마을에서 나가기 직전이다.

지금, 나왔다.

"기다려…!"

말한다고 기다릴 리가 없다. 하루히로는 달렸다. 몇 번이나 고꾸라질 뻔하면서, 몸을 오로지 앞으로, 앞으로 밀어낸다.

미지근한, 습한 바람이 불고 있다.

유난히 어둡다.

다른 궈렐라들은? 도망친 궈렐라는 어느 정도 있는 건가?

알 게 뭐야.

내가 알 바 아니야.

아니… 알 바 아닌 게 아니잖아? 무엇보다, 무엇 때문에 놈을 쫓는 건가? 놈은 여전히 계속 도망치고 있지만, 불덩어리다. 저 타는 방식은 심상치 않다. 아무리 궈렐라라도 성할 리는 없다. 상식적으로 생각하면, 조만간 움직일 수 없게 될 것이다. 아마도 제시 일행이 놈을 추적해서 해치우겠지. 굳이 하루히로가 쫓을 필요는 없다. 그보다도 달리 할 일이 있는 것 아닌가? 예를 들면, 동료들은? 괜찮은 건가? 돌아가서 먼저 확인해야 하잖아? 왜 이런 일을 하고 있는 거야?

알고 있다. 나는 아무런 의미도 없는 짓을 하고 있다. 머리로는 분명히 알고 있어도, 멈출 수 없다. 멈추고 싶지 않은 것이다.

하루히로도 마을을 나갔다. 하늘이 울리고 있다. 천둥인가?

놈은 밭을 빠져나간다. 밭에는 보리 같은 식물이 우거져 열매가 맺혀 있다. 놈이 달리면서 그 보리 같은 식물에 불이 붙기도 하고 타기도 했다. 발자국보다도 뚜렷한 흔적이 놈에게로 이어진다. 하루히로는 단지 그것을 쫓아가기만 하면 된다. 밭이니까 넘어져도 괜찮고 금방 일어설 수 있다.

마을을 나왔을 때 놈은 10미터 이상, 어쩌면 20미터 정도 하루히로의 앞에서 가고 있었다. 지금은 어떨지? 10미터? 아니, 좀 더 가깝다. 5~6미터쯤인가? 가끔씩 손을 뻗으면 닿을 것 같은 느낌조차 든다. 놈의 발은 확실히 둔해졌다.

하루히로는 한 번도 뒤돌아보지 않았다. 한눈 한 번 팔지 않고 놈을 쫓고 있다. 제시와 동료들은 뒤를 따라오는 건가? 주위에 다른 귀렐라는 없는 건가? 모르겠다. 궁금하지 않은 것이 아니다. 알고 싶지 않다. 좋지 않아, 이런 건. 정말로 좋지 않아.

하지만, 끝내고 싶은 거다.

아직 몸 여기저기가 타오르며 연기를 흩뿌리면서 달리는 놈을 붙잡아서, 이 손으로 숨통을 끊는다. 그걸로 전부, 끝내면 된다.

메리. 분명 메리에게서 야단맞을 거야. 메리라면, 그런 말 하지 말라고 꾸짖어주겠지. 나는 이제 됐으니까, 지금까지 함께 있었고, 내 동료로 있어준, 그것만으로도 충분하니까, 하루, 당신은 지금까지처럼 앞으로 나아가. 메리라면 그렇게 말할 것 같다.

모르는 거야. 메리는.

아무것도.

전혀 몰라.

왜냐하면, 메리는 동료를 생각하는 마음이 엄청나게 강하고, 인간성도 좋고, 우리에게 있어서 최고의 힐러(치유자)이고, 게다가… 게다가 역시, 어마어마하게 예쁘고, 뭐랄까, 귀여운 면도 있다거나 하고, 그런데도 메리는, 때때로 뭔가 마치, 자기는 역부족이 아닐까 하고 느끼는 것 같아서… 그렇지, 않은데. 그럴 리가 없는데.

네 손을 꼭 잡고 싶었어.

주제넘은 말이지만, 네가 좀 더 자신감을 가지길 바랐어.

옛날에 비하면 많이 웃게 되었지만, 너를 더욱 웃게 해주고 싶었어.

사실을 말하자면, 힘껏 껴안아주고 싶었어.

네 손을 잡고, 계속 걸어가고 싶었어.

메리.

메리.

메리.

메리가 없는 오늘부터 앞으로의 일은 상상이 안 돼.

다룽갈에도 떠오르는 태양은 있었다. 하지만 메리가 없어지면 이 그림갈은 캄캄해져버려. 아무것도 보이지 않아. 분명 아무것도 들리지 않아.

나, 앞으로 나갈 수 없어.

그런 미래라면, 나는 필요 없어.

그러니까, 있지.

이제 됐잖아.

이걸로 마지막으로 하고 싶어.

"너를, 쓰러뜨리고…!"

하루히로는 없는 힘을 쥐어짜 내어 걸음을 빨리하려고 했다. 그 때였다.

놈이 앞으로 고꾸라졌다.

덕분에 하루히로는 마침내 놈을 따라잡았다.

어차피 놈은 잠시 후 일어나 자세를 바로잡겠지. 도망치거나, 반격할까? 그럼 어때? 상관없어. 어떻게 하든.

놈은 얼굴만 옆으로 돌리고 엎드려 있다. 하루히로는 놈의 등에 올라탔다. 놈의 몸에서는 이제 불꽃은 거의 올라오지 않았다. 그을려 연기만 날 뿐이다. 그리 뜨겁지는 않다. 하지만, 뭔가 기묘했다.

역시 꿈쩍도 하지 않는다.

"어이….."

어떻게 된 일인가? 하루히로는 놈의 등에 걸터앉아, 어디서부터 어떻게 봐도 무방비한 놈의 눈에 지금 당장이라도 스틸레토를 마구 쑤셔 박을 수 있는 상태였다. 그런데도, 아무것도 느껴지지 않는다. 어이? 어이, 어이, 어이? 왜 그래? 어이? 숨을 죽이고 역습 기회를 노리는 건가? 그런 거지? 그런 거라고 말해, 이봐? 하지만, 그렇다고 해도 이상하다. 아까까지와 너무 다르다. 마치 다른 것 같잖아. —다른 것. 그렇다. 그야말로 다른 것이다. 생물다운 기척이 조금도 없다. 이래선 그냥 물건이다.

하루히로는 스틸레토를 고쳐 잡았다.

손에 힘이 잘 들어가지 않는다. 손뿐만이 아니다. 온몸이다. 어딘가에 구멍이 뚫려서 그리로 생명력 같은 것이 빠져나가는 것 같다. 빨리 그 구멍을 찾아내서 막아야 한다. 할 일은 알고 있다. 할 일이 정해졌으니까, 남은 건 그것을 하기만 하면 된다. 간단한 일이다. 아무것도 어렵지 않아. 할 수 있어. 못할 리가 없어. 자, 해라. 하는 거야. 빨리 해.

빗방울이 떨어지기 시작했다.

굵은 빗방울이었다.

비는 눈 깜짝할 사이에 기세가 늘었다.

천둥이 엄청나게 치고 있다. 폭포 같은 호우다.

덕분에 발소리 같은 건 제대로 들리지 않았다. 녹색 외투를 걸친 남자가 달려와서 하루히로에게 뭔가 말했다. 무슨 말을 했는지 하루히로는 잘 몰랐다. 그래서 끄덕이지도 않았고 고개를 가로젓지도 않았다.

금발에 파란 눈의 그 남자… 제시는, 하루히로의, 라기보다 놈의, 웃는 레드백의 바로 옆에서 한쪽 무릎을 꿇었다. 놈의 얼굴을 들여다보고 빤히 응시한다. 특히 부릅뜨고 있는 눈과 콧등 부근을. 그리고 제시는 놈의 턱을 잡아 흔들기도 하고 움직이기도 했다.

"응… 죽었네, 이건."

그 무렵에는 이미 비는 얼마간 약해져 있었다. 천둥도 그쳤다. 하늘까지 밝아지고 있었다.

"입안이 타서 다 헐었어. 이걸 보니 아마도 목구멍 속까지 화상을 입은 거겠지. 숨도 제대로 못 쉬었을 거야. 용케도 여기까지 도망쳐 왔네. 그리고 힘이 다한 거겠지."

"…뭐야? 그게."

하루히로는 놈의 등에서부터 굴러 떨어지는 것처럼 땅바닥으로 쓰러졌다. 가랑비로 변한 비가 뺨을 때렸다. 도대체 뭐냐고? 그게.

제시의 뒤를 이어 몇 명의 레인저들이 몰려들었다.

"하루 군!"

"하루!"

"…하루히로 군!"

"하루히로…!"

자기를 부르는 소리를 듣고 하루히로는 눈을 감았다. 감은 눈꺼풀 위에 왼손을 올렸다.

하루 군. 하루. 하루히로 군. 하루히로.

목소리는 네 명분이었다.

네 명분.

"신관은 어떻게 되었어?"라고 제시가 물었다.

금방은 대답할 수 없었다.

눈꺼풀 위에서 왼손을 치웠다. 눈을 뜨자 제시가 내려다보고 있었다.

이 남자의, 무엇을 생각하는지, 뭔가 느끼는 건지, 전혀 추측할 수 없는 파란 눈에, 지금의 하루히로는 어떻게 비치는 걸까?

당신 탓이다.

─말하려다가, 아니야, 라고 하루히로는 이를 갈았다.

아니지 않을지도 모르지만, 역시 아니다.

"그런가." 제시는 눈을 깜빡이고 짧게 숨을 쉬었다. "죽은 건가?"

"…말하지 마."

"응?"

"말하지 마. 그런 말, 당신이… 하지 마."

"나는 단지, 너도 상당히 부상을 입었으니 치료하는 게 좋을 것 같아서 물어본 것뿐인데."

그런 건 상관없어. 상관없다고. 이제. 알잖아. 모르나? 모르겠지.

당신은, 이상하니까. 내 백 스태브(등 찌르기)를 제대로 맞았는데도 아무렇지도 않은 것 같았고. 마법사로는 도저히 보이지 않고, 사냥꾼이었다고 하는데도 마법을 쓸 수 있기도 하고. 게다가 그토록 엄청난 마법. 인간 같지만, 명백하게 보통 인간은 아니다.

하루히로는 옆으로 굴러 일단 엎드리고, 몸을 일으키려고 했다. 동료들이 온다. 누워 있을 수는 없다.

하지만 몸이 무겁다.

무거워. 내 팔과 다리가 이 몸을 지탱해주지 않는다.

"하루 군!"

결국 유메가 안아 일으켜주었다. 일어나긴 했으나 부축해주지 않으면 서 있을 수가 없다. 피로다 뭐다 해서 허탈해진 것뿐만이 아니라, 제시가 말한 것처럼 부상의 정도가 나름대로 심한 것이라고 깨달았다. 아픔은 별로 느껴지지 않지만 온몸이 상처투성이고 출혈도 꽤 심하다. 치료하지 않으면 머지않아 의식이 없어지고 심장이 멎겠지.

"하루… 에이, 거치적거린다, 비켜, 사냥꾼!" 세토라가 유메를 밀어내고 하루히로를 안아 들었다. "괜찮아? 어이, 하루. 정신 똑바로 차려. 귀렐라 무리는 사방으로 흩어졌다. 보는 바와 같이 두목이 죽었으니 적어도 당분간은 안전하겠지. 잘 들어, 하루. 어쨌든 우리는 이긴 거야."

"…이겼다?"

"그래. 그렇게 믿을 수 없더라도 이겼다고 생각해. 지금은—."

"이겼다….."

하루히로는 세토라를 밀쳐내고 싶었다. 하지만 그런 큰일에 임할 만한 기력이 어디를 찾아봐도 남아 있을 것 같지 않다. 그래서 하루히로는 그저 머리를 흔들었다. 흔들흔들하는 것처럼 몇 번이고 몇 번이고.

시호루가 웃는 레드백의 시체 근처까지 도착했다. 숨을 헐떡이는 정도가 아니라 끊어질 듯 끊어질 듯 간신히 내쉬는 꼴이다. 시호루는 그 자리에 주저앉아버렸다.

쿠자크는 시호루의 6미터나 7미터 뒤에서 넘어지더니 일어나지 않는다. 하아, 하아, 하아—하고 거친 숨소리가 여기까지 들린다. 쿠자크에게 다가가는 저 레인저는 얀니인가?

"얀니!" 제시가 부르자 당황해서 이쪽으로 달려왔으니까 역시 저건 얀니인 모양이다. 제시는 얀니에게 뭔가 명령했다. 하루히로는 이해할 수 없는 언어지만, 부르 야카아라는 단어만은 귀에 남았다. 얀니가 그 말을 들었을 때 긴장과 두려움이 뒤섞인 것 같은 표정을 지었기 때문인지도 모른다.

얀니가 레인저들을 모아 지시를 내릴 때도 부르 야카아라는 단어를 입에 올렸다. 얀니 이하 레인저들은 몇 조로 나뉘어 흩어졌다.

비는 완전히 그치고 이제 맑은 하늘까지 보였다. 지나가는 비였던 모양이다.

"뭐, 다행히….."

제시는 어깻짓을 했다. 뭐가 다행이야? 그 시점에서 하루히로는 발끈했다.

"우리 샤먼(주술의)은 살아남았으니 부상자는 바로 치료하기로 하고, 문제는 너희 신관이다. 우선 상태를 보지 않으면 아직 뭐라 말할 수 없지만…."

"메리는…!" 하루히로는 세토라를 밀쳐내고 제시에게 다그쳤다. "죽었단 말이다! 죽었다고, 메리는, 내가… 내가, 죽게 만들었다! 문제고 상태고 개뿔! 뭘… 무슨 말을 하는 거야, 당신…!"

"아니, 그러니까…."

제시는 하루히로에게 멱살을 잡혀도 태연했다. 겁먹지도 않고 오히려 희미한 웃음을 띠지도 않는다. 어리둥절한 것도 아니다. 과연 이 남자에게는 감정이라는 것이 있는 건가? 인간다운 감정이 구비되어 있지 않은 것이 아닐까? 그렇게 의심하기에 충분할 만한 부자연스러움이 이 남자에게는 있다. 하루히로는 그렇게 생각되었고, 지금의 제시를 보면 누구든 동의할 것이다.

"상태를 보지 않으면 뭐라 말할 수 없다. 나는 그렇게 말하지 않았나?"

"…죽었다고! 상태고 뭐고! 빨리… 빨리 노 라이프 킹의 저주로 메리가… 옛날 동료처럼, 되기 전에… 그렇지, 메리를, 그런 식으로 만들 수는…."

"노 라이프 킹 에너드 조지의 저주, 라."

제시는 흥 하고 코웃음을 치고 나서 얼굴을 찡그렸다. 그것도 또한 왠지 부자연스러웠다. 어색하다고 말하는 편이 좋을까?

"…에너드, 조지…?"

"이거 봐."

제시는 하루히로의 턱을 때렸다. 아니, 하루히로의 턱에 손바닥을 댔을 뿐이다. 그런데도 하루히로는 발라당 넘어져버렸다.

하루히로는 허리를 부딪치고 뒤통수도 부딪쳤다. 온몸에서 힘이 빠졌다.

유메와 세토라가 제시에게 항의하고 있다. 무슨 말을 들어도 제시는 제대로 대응하지 않는다.

하루히로는 안구만 움직여 제시에게 시선을 향했다.

제시는 기분 나쁠 정도로 조용히, 어떤 꿍꿍이속도 없는 것 같은 눈으로 하루히로를 내려다보고 있었다.

"…상태, 를….."

모기가 우는 것 같은 목소리로 자신은 무슨 말을 하려는 건가? 하루히로는 알 수 없었다. 아니, 사실은 알고 있다. 하루히로는 제시에게 물어보려는 것이다. 하지만 말도 안 된다. 왜냐하면, 메리는 죽어버렸다. 뭘 기대하는 건가? 매달리지 마. 쓸데없는 생각을 하지 마. 희망 따위를 품는 것은 어리석다. 그렇다. 자신은 얼마나 어리석은 걸까? 현명했다면 이렇게는 되지 않았을 것이다.

"상태에 따라서는, 어떻게 된다는 거야…?"

"방법은 있어."

제시는 곧바로 그렇게 대답하더니, 또다시 흥 하고 코를 울리고 나서 덧붙였다.

"딱 한 가지"라고.

…언제부터였을까?

집에 가는 것이 너무나 싫어서.

현관문 앞에 서면 갑자기 엄청나게 좁은 장소에 갇힌 것 같은 기분이 들어서 토할 것 같다.

줄곧 이랬었나? 그렇지는 않을 것이다. 언제부터지? 잘 모르겠다. 아무튼 집은 싫다.

오늘은 너무나 노래하고 싶었으니까 몇 명을 불러 노래방에 가서, 연장, 연장, 연장… 한 명 빠지고, 또 한 명 빠지고, 다들 가버려서 어쩔 수 없이 끝냈는데, 결국 합쳐서 네 시간을 놀았다. 계산은 시원하게 전부 내가 했다. 뭐, 내가 가자고 했으니? 실컷 노래하면서 이것저것 먹고 마시고 해서 배는 고프지 않다.

이 시간이고 하니 누군가 있을 거야. 불이, 켜져 있고.

가방 속에서 열쇠를 꺼내어 돌렸다. 문을 연다. 안으로 들어간다. 여기까지의 동작을 단숨에 해버리는 것이 팁이다. 도중에 멈추면 도망치고 싶어진다. 도망쳐봤자. 이제부터 어딘가에 가려고 해도 노래방에서 네 시간을 논 뒤니까. 어차피 아무도 놀아주지 않을 테고. 혼자서 노는 것도 그렇잖아. 가끔씩이라면 나쁘지 않지만. 어제는 혼자서 게임방에 갔었고.

현관의 불빛은 센서가 작동해서 저절로 켜진다. 굽이 높은 구두가 있다. 어머니 구두다.

신발을 벗고, 올라간다.

현관 홀 계단을 올라가 2층으로. 자기 방으로 들어가서 전깃불을 켠다. 가방을 내던지고 바닥에 널브러져 있는 물체를 밟지 않도록 피하면서 침대로 간다.

교복을 벗지도 않고 침대에 다이빙해서 벌렁 드러누웠다.

천장의 포스터를 멍하니 올려다보며, 저거, 언제 붙였더라 하고 생각한다. 포스터 종류는 아이돌이라거나 만화 잡지 부록이나 영화 포스터 등 여러 가지다. 벽에 붙일 수 있는 공간이 없어져서 천장에 붙이기 시작했다.

양말을 벗어 대충 던져둔다. 오른발에 뭔가가 닿았다. 작은 농구 공이다. 발로 집어서 던져 올려 손으로 받았다. 몸을 일으켜 방구석에 설치된 소형 농구 골대를 조준했다. 슛한다.

"—으쌰! 들어가라…!"

공은 무정하게도 링에 맞고 튕겨 나왔다.

"크아아앗! 뭐냐고! 아, 됐어!"

열받아서 누워버린다.

아니, 잘 수 있다면 자고 싶지만, 아무리 그래도 아직은 잠이 오지 않는다.

"…아아—."

의미도 없이 목소리를 내본다.

머리를 마구 긁었다.

"이…"라고 웅얼거린다.

한숨을 쉰다.

"우…"라고 목소리를 내본다.

이번에는 음색을 바꿔서 "에…"라고 말해본다.

또 다른 목소리로 "오…"라고.

후훗 하고 웃는다.

"…재미없다."

엎드려서 베개에 얼굴을 파묻었다. 정발제와 샴푸와 그 외 여러 가지가 뒤섞인 냄새가 난다. 향기롭다고는 결코 말할 수 없다. 하지만 싫지 않다. 좋지는 않지만, 나쁘지는 않다. 인생이란 그런 것인지도 몰라―라고 느닷없이 생각한다.

"그런 건지도 몰라. …그런 건지도 모르지. 응. 나, 멋있는데, 우훗. 목, 마르다…."

일어나서 머리를 긁적였다. 편의점에 들러 음료수를 사 왔으면 좋았을걸. 그렇다고 지금 다시 밖으로 나가는 건 그야말로 귀찮다.

"밑으로, 내려갈까…."

침대에서 내려간다. 방을 나가 1층으로. 현관 홀에서는 짧은 복도가 뻗어 있다. 왼쪽 문은 화장실이고 막다른 곳의 문 너머가 거실이다.

문을 열자 TV가 켜져 있었다. 엄마가 외출복 차림으로 소파에 앉아 뭔가 마시고 있다. 뭔가―랄까, 늘 그렇듯이 와인이겠지.

이 집에는 쓸데없이 커다란 와인 셀러가 있는데 백 병 가까운 와인이 항상 비치되어 있다. 엄마는 매일 밤, 이 또한 쓸데없이 커다란 와인글라스로 와인을 마신다.

엄마는 흘낏 이쪽을 보았지만 아무 말도 하지 않았다. 무슨 말을 하면 말을 해서 화가 나지만, 무시당하면 그 또한 열받는다.

거실을 통해 주방으로 가서 냉장고를 뒤졌다.

"…젠장. 왜 탄산수랑 생수밖에 없는 거냐고, 이 집은. 망할. 어이가 없어."

자기도 모르게 중얼거리자, 엄마가 혀를 차는 소리가 들려 발끈했다.

"…뭐야. 나는 있는 사실을 말한 것뿐이잖아. 뭐 불만이라도 있어?"

"왜 그렇게 입이 험하니? 누굴 닮아서 저러는지. 분명 네 아빠를 닮은 거겠지만."

엄마는 취한 것 같다. 그렇다고 해서 네, 네 하고 흘려들어줄 의리는 없다. 냉장고 문을 내던지듯이 세게 닫았다.

"그 내 아빠라는 건 본인 남편 말인가? 아니면 다른 누군가?"

"뭐? 다른 누군가? 무슨 의미야?"

"알 게 뭐야. 남편이 마음에 안 드는 모양이니까, 불륜이라도 하는 건가 해서. 한다고나 할까, 했었나?"

"쓸데없는 소리 하지 마."

"비교적 쓸데없지 않다고나 할까, 그럭저럭 중요하다고 하면 중요한 문제 아닐까 싶은데. 나 아빠 자식 맞아?"

"너 바보니? 하지만 확실히 넌 형과도 누나와도 전혀 안 닮았지. 둘 다 너처럼 버릇이 없지 않으니까."

"형도 누나도 나랑 달라서 우등생이라 이거야? 그런 거냐고?"

"뭐? 너 열등감 느끼고 비뚤어진 거니? 네가 공부를 못하는 건 노력하지 않으니까 그렇지. 네 탓이잖아."

"열등감 같은 것 없어. 부러운 거냐고 하면 좀 그렇긴 하지만. 나만 이 망할 집에 남겨놓고 후다닥 나가버렸으니. 웃기지 마―이런 느낌. 진짜로, 진짜."

"그러면 너도 빨리 나가지그래?"

"안 그래도 고등학교 졸업하면 나갈 거야."

"부모 신세를 지는 게 그렇게 싫다면 고등학교도 중퇴하고 일하면 되잖아?"

"대단하네. 부모가 되어서 고등학교를 중퇴하라는 말을 하다니, 이런 경우 별로 들어본 적 없어."

"이 집에 있는 게 싫다면 그러라는 거잖아. 부모가 번 돈으로 놀고먹는 주제에 일일이 불평하지 말아줄래?"

머리에 피가 솟구쳐 싱크대를 걷어차자 엄마는 "뭐하는 거야?"라고 소리쳤다.

"뭐긴?! 찼어!"

"화난다고 그렇게 물건에 대고 화풀이하는 것도 그 인간과 똑같아!"

"그런 건 전혀 기쁘지 않아!"

"네가 기뻐해주길 바라는 마음도 전혀 없어!"

"오늘, 내 생일이라고…!"

말해버리고 나서 손으로 입을 틀어막아봤자 늦다. 그야말로 이미 늦었다는 것이다. 정말이지, 어째서 그런 말을 해버린 건가? 물론 말할 생각은 없었다. 생일 따위 상관없고. 관계없고. 무엇보다, 생각해보라고. 마지막으로 생일 축하를 받은 건 언제였지? 초등학생 때인가? 초 3인가, 초 4인가 그 정도겠지. 당시부터 이 집안의 분위기는 최악이었다. 그 후에 엄마가 일을 하게 되고 나서는 더욱 이상해졌다. 아빠는 일주일에 두 번 정도밖에 집에 들어오지 않는다. 집에 와도 오밤중이다. 다른 집이 있는 거겠지. 엄마에게도 분명 애인이 있다. 그런 것치고는 매일 집에는 들어온다. 아빠와 엄마가 싸우는 걸 듣거나 본 적은 셀 수도 없다. 계속 너무나 의아했다. 이렇게 사이가 나쁜데 이 인간들, 왜 이혼하지 않는 거지?

형은 작년에 취직했다. 누나는 대학생이다. 둘 다 대학에 입학하고 나서는 집에는 오지 않게 되었다. 형과 누나는, 부부 사이 문제니까 둘이 알아서 하면 되잖아, 돈은 꼬박꼬박 주니까—그런 식으로 생각하는 모양이다. 그야 당신들은 그렇겠지. 아무렴. 형은 취직이 정해지자 아빠가 비싼 차를 뽑아주었고, 누나는 성인식에 맞춰 훌륭한 기모노를 맞춰주었다. 아빠는 출장으로 가끔씩 도쿄에 가면 형과 긴자에서 초밥을 먹는 모양이다. 누나는 엄마와 자주 연락을 한다. 누나에게 티파니 반지를 사준 것은 아빠였던가, 엄마였던가? 아무튼 둘 중 하나다.

아무것도 기대 따위 하지 않는다. 사실 돈은 받는다. 전용 계좌가 있어서 잔고가 얼마 안 남으면 입금해주는 건지 뭔지, 저절로 늘어나 있다. 돈이 아쉬운 적은 없다. 뭐, 충분하다. 뭔가를 기대할 필요가 없다.

생일 따위 알 게 뭐야. 어떤 날도 365분의 1의 날일 뿐이라고. 당연히 오늘이 생일이라는 건 친구들에게도 말하지 않았다. 물어봐도 안 가르쳐줄 생각이었고. 모르는 것이냐고, 이 나 님의 생일을, 넌 끝이야—라는 정도로 대답하는 걸로 하고. 내 쪽은 일단 친구 생일은 미리 알아보고 파티를 기획해주거나 하지만. 소소한 선물을 준비해서 건네주기도 하고. 그건 그렇잖아? 사람으로서의 도리라고나 할까? 보답을 바라는 것도 아니고? 하고 싶어서 해주는 것뿐이니까. 아무래도 상관없다고. 진짜로, 그런 건. 오늘이 내 생일이었다거나 하는 건.

"그래서?"

엄마는 어째서인지 한층 더 화가 난 듯한 모습이었다. 오―오―적반하장입니까? 글라스를 기울여 와인을 일단 입속에 머금는다. 그러고 나서 넘긴다. 저 마시는 방식이 말할 수 없이 마음에 들지 않아.

"…별로, 어쩌라는 것도 아니야."

"돈이라면 주잖아. 좋아하는 걸 마음껏 사면 되잖아?"

"그런 게…!"

"어차피 뭔가 사줘도 기뻐하지도 않는 주제에, 욕심내지 말아줄래?"

"뭔가 사달라고 말한 적 없고 그런 생각도 안 했어!"

"그럼 뭔데?! 네 형과 누나는 내 생일에 문자를 보내줬고 선물도 보내줬는데 너는 축하한다는 한 마디도 없었잖아?! 그런데 자기는 축하받고 싶다니, 너무 뻔뻔한 거 아니니?! 자기는 아무것도 하지 않는 주제에 남한테는 이거 안 한다, 저거 안 한다 불평하고, 그런 면도 그 인간 같아! 너를 보고 있으면 토할 것 같아!"

"그럼 토해! 토해, 토하라고, 토해버려! 와인을 벌컥벌컥 들이켜고 우웩우웩 토해버려, 망할 여편네!"

"엄마한테 무슨 말버릇…!"

갑자기 엄마가 구역질을 했다. 글라스를 떨어뜨리고 두 손으로 입을 막는다. 소파 위에서 몸을 꺾는다. 위험하다. 반사적으로 눈을 피하려고 했으나, 늦었다. 결정적인 순간을 똑똑히 목격해버렸다.

"…나이는 먹어갖고 뭘 하는 거야?"

이미 꽤 마신 건가 하고 생각은 했지만 토할 정도일 줄이야. 나까지 구역질이 난다. 자칫하다가는 구역질이 옮을 것 같다. 그렇게 되면 최악에 플러스가 붙는다. 완전 최악이다.

엄마는 체념했는지 그 자리에서 전부 토해버리기로 한 모양이다. 소파 앞의 낮은 테이블에 엎어진 것 같은 자세로 괴로운 듯이 쿨럭거리고 있다.

저런 망할 여자는 내버려두고 방으로 돌아가면 된다. 그런데 정신이 들고 보니 어째서인지 티슈 상자를 움켜잡아 엄마를 향해서 내던지고 있었다.

"…고맙다."

엄마는 겸연쩍은 듯한 작은 목소리로 그렇게 말하고 티슈로 손과 얼굴을 닦기 시작했다. 더러워. 진짜 한심해. 예전부터 엄마는 좋아하지 않았지만 이렇게까지 격렬한 혐오감을 느낀 적은 처음이다.

"걸레나…."

말하려다가 입을 다물었다. 하지만 엄마에게 들린 모양이다.

"…탈의실, 세면대 밑에…."

"아, 알았어."

서두르는 것은 아니지만 큰 걸음으로 욕실로 가서 세면대 밑의 수납장 문을 열었다. 양동이와 걸레, 청소용 세제도 있다. 양동이에 물을 받으려고 했는데 수도꼭지가 걸려서 세면대에 양동이를 놓을 수가 없다.

"욕실 안에서 해야 하나…."

어쩔 수 없이 욕실 샤워기로 양동이에 물을 받아 그 안에 걸레를 집어넣었다. 양동이와 세제를 들고 거실로 돌아가니 엄마는 "미안해"라고 사과했다. 도대체 뭐에 관해서 사과하는 건지. 물어보고 싶어졌지만, 알고 싶지는 않았다.

양동이와 세제를 놓아두고 방으로 돌아와 불을 끄고 침대에 뛰어들었다. 이불 속에 들어간 후에 교복을 벗고 티셔츠와 팬티 차림이 되었다. 몸을 옆으로 돌리고 등을 굽힌다. 두 다리 사이에 오른팔을 넣고 왼팔로 무릎을 껴안는 이 자세가 제일 안정된다.

생일이었는데—라고 중얼거려봤다.

진짜 웃긴다.

아빠는 천연 곱슬이지만 형도 누나도 웨이브조차 없다. 참고로 엄마도 생머리다. 삼남매 중에 곱슬머리는 나뿐. 나는 아빠를 닮았다. 하지만 아빠는 분명 나를 싫어한다. 칭찬받은 적이 한 번도 없다. 야단맞은 기억은 수없이 많다. 최근에는 야단도 치지 않는다. 마주치는 일조차 좀처럼 없다. 싫다기보다는 어떻게 되든 상관없는 건지도 모른다. 형도 누나도 나 같은 건 신경 쓰지 않는다. 생일인데도 문자조차 보내지 않는다. 친구는 있다. 많다. 나는 옛날부터 인기인이니까? 놀 상대가 부족하지는 않다. 내가 쏜다고 하면 다들 따라온다. 만약 내가 돈을 내지 않는다면? 어떨까? 그 녀석들, 익숙하니까. 얻어먹는 일에. 제대로 된 어른이 되지 못할 거야. 쓰레기다, 쓰레기. 쓰레기밖에 없어. 쓰레기. 쓰레기. 쓰레기. 쓰레기. 쓰레기. 쓰레기. 쓰레기. 쓰레기. 쓰레기투성이고 쓰레기범벅인 쓰레기쓰레기 세계라고.

아—, 전부 다 아무래도 상관없어. 다 알 게 뭐야. 이렇게 해서. 줄곧 가만히 있는 것도 좋을지도. 좁은 장소는 꽤 좋아하고. 혼자도 나쁘지 않아. 어차피 쓰레기들뿐이니까. 쓰레기밖에 없다니까. 문자 정도는 보내라고. 나, 생일이었단 말이다. 그게 어쨌다는 거야?

어떻지도 않아. 상관없다고. 아무래도 좋아. 졸려. 진짜, 진짜로, 졸려… 그때.

"…어?"

혹시나 지금, 잠깐… 잠들었던, 걸까?

"진짜야…?"

내용은 전혀 기억나지 않지만 꿈을 꾼 것 같다. 아마 그다지 좋은 꿈은 아니었던 것 같다. 내가 생각해도 배짱 좋아—라고 소리를 죽여 웃는다.

란타는 나무 속에 있다.

비유하자면, 수십 마리, 아니, 수백 마리의 큰 뱀이 이리저리 얽혀 서로를 지탱하면서 하늘을 향해 뻗어 있는 것 같은 나무가 있고, 란타는 그것을 등지고 숨을 죽이고 있었다. 물론 심심풀이나 장난으로 그런 일을 하고 있던 것이 아니다. 당연하다. 어떤 때도 놀이 감각으로 지낼 만한 여유는 중요하다고 란타는 생각하지만, 그래도 추적자가—타카사기 아저씨라는 실질적인 위협이 다가오고 있었기 때문에 과연 그럴 때가 아니었다. 그런 연유로 란타는 우선 나무 그늘에 숨어 있다가 타카사기의 목소리가 서서히 가까이 왔기 때문에 이대로는 위험하다고 생각해서 나무 속으로 들어갔다. 수백 마리의 큰 뱀 같은 나무줄기는 그렇게 보이는 것뿐만이 아니라 실제로 구불구불 뒤틀린 가느다란 줄기의 집합체였다. 덕분에 잘 찾아보니 간신히 파고들 만한 틈새가 있었다.

위험한 도박이라는 것은 알고 있었다. 나무 밖에서는 아마도 란타의 모습은 보이지 않을 것이다. 마찬가지로 나무 속에서도 바깥이 거의 보이지 않아서 소리에 의존해서 상황을 파악하는 수밖에 없다. 들어올 때도 그런대로 고생했으니 나갈 때도 마찬가지겠지. 그렇다는 건, 만약 타카사기에게 있는 곳을 들키면 우선 도망칠 수 없다.

과장하지 않고 조심스럽게 표현해도 두근두근 쿵쾅쿵쾅이었다.

타카사기 아저씨는 "란타!"하고 연달아 부르고 자빠졌고.

아저씨의 목소리는 점점 가까이 오고 있고.

솔직히… 그렇잖아?

이건 실수했는지도—라는 생각이 안 드는 것도 아닌 것 같은?

응. 뭐—그렇지? 엄청 그렇게 생각했나 하면 그런 건 아니고, 미묘하게 살짝 생각했다거나 생각하지 않았다거나 하는 정도지만 말이야? 그건 그거대로 패배주의라고나 할까? 왜, 알잖아, 나는 성공을 의심하지 않는 남자니까? 실패했을 때 같은 건 생각해봤자 어쩔 수 없고? 그때는 그때라고나 할까? 지혜와 용기와 깨끗한 포기를 겸비한 보기 드문 사나이고…?

무섭지는 않았다. 조금도. 그렇게 단언해도 되겠지. 그 증거로, 바로 가까이에서—정확한 거리는 모르지만 분명 상당히 가까이에서 "란타얏!"이라는 타카사기의 목소리가 들려도 란타는 미동도 하지 않았다. 숨을 멈추고 가만히 있었다. 완전 쫀 거 아니냐고? 아니, 아니, 아니. 그렇지 않거든? 완전 괜찮다고 생각했는데? 큰 배를 타고 크루징하는 그런 비슷한 감각이었거든? 이야, 진짜로 하는 말인데. 보여주고 싶어. 그때의 란타 님의 태연자약한 용감한 모습. 전 세계에 보여주고 소리 높여 선언하고 싶다고. 최고 최강 암흑기사 란타 님이 여기에 있다, 라고?

어쨌든 도망 나온 이상 잠자코 있는 수밖에 없었다. 그 점은 진짜로 정말로 각오를 하고 있었다. —그렇다고 잠들어버릴 것이라고는 과연 생각하지 못했지만…?

아무튼.

어느 정도 잠들었던 걸까?

상당히 가까이에서 타카사기의 목소리가 들리고 나서 구체적으로 몇 분 지난 건가? 몇 십 분? 아니면 몇 시간?

생각해봤지만—음, 모르겠다.

알 리가 없지. 시간이라거나 그런 걸.

하지만 한동안 참아야 하나? 지금은 참고 견딜 때지? 아저씨가 아직 가까이에 있을지도 모르니까? 바로 코앞에 있다거나 하면 역시 위험하잖아? 격하게 위험하다고? 참자, 참아. 나무다. 나무의 일부가 되어라. 차라리 나무 그 자체가 되는 거다. 나무입니다. 나무. 나무라고—. 아무리 생각해도 나무 이외의 그 무엇도 아니야 —. 보기 드문 나무야—. 퍼펙트 나무….

참고, 버티… 는데?

참고 있다고, 참잖아.

단지, 있잖아….

힘들어.

이 괴로움.

수행인가?

고행인가?

고해인가?

고해가 뭐야? 죄를 고백하는 건가? 뭔 말인지 모르겠네. 까놓고 말해서, 안 그래?

오줌 누고 싶다.

여기에서 이대로 지리는 건 좋지 않겠지. 최악의 경우엔 그런 것도 생각해야 하는 건지도 모르지만. 물론 란타 님은 리얼리스트니까 그럴 수밖에 없다면 그런 선택도 서슴지—가 아니라, 서슴지? 아닌데. 서슴지 않지만. 지금 현재 오줌을 지려야 할 정도의 거시기인가? 크라이시스 비슷한 시추에이션인가? 세계가 끝날 것 같은가? 월드의 엔드가 니어인가? 그렇지는 않잖아…?

굳이 말하지. 인류는 어차피 요의를 이길 수 없다. 이것은 진리라고.

그야 아까부터 귀를 접시만큼—은 아니지, 접시만큼 크게 뜨는 것은 눈이다. 눈을 접시 크기만큼 뜰 수 있는지 아닌지는 접어두고, 마려운 걸 참으면서 귀를 쫑긋 세우고 있는 건데, 근처에 누군가 있는 것 같은 소리는 전혀 들리지 않으니 괜찮겠지. 타카사기는 확실히 이 부근을 지나갔다. 하지만 이제 가까이에는 없다. 월드의 엔드가 니어가 아니듯이 타카사기도 니어가 아니다. 그렇게 결론지어도 항의를 들을 만한 이유는 없다고. 그보다 이제 무리, 무리니까, 오줌 오줌 오줌 오줌 오줌 싸고 싶다고, 오줌. 이대로 있다가는 오줌마신이 되어버리겠다고. 누가 좀 도와줘. 그래봤자 아무도 도와줄 리 없으니까 스스로 오줌을 어떻게든 해야만 한다.

즉, 눈다!

그것밖에 없다, 이상!

잘 휘는 줄기인지 나뭇가지인지 잘 모를 것을 헤치고, 밀쳐내고, 뛰어나가라. 바깥의 넓은 세상으로. 물론 주변을 둘러보고 아무도 없다는 것을 분명히 잘 확인했다. 이거 봐, 이거 봐, 맞지? 없잖아?

생각했던 대로지? 그렇다는 건, 요컨대 생각했던 대로지? 젠장, 싸겠다, 싸겠어. 아니, 지금은 침착해. 서두르지 마. 콧노래라도 부를 정도로 유유히, 그러면서도 잽싸게, 빛의 속도로 바지를 내리고—.

"오우…."

목소리가 나와버린다.

이, 해 · 방 · 감….

어쨌든 나오네—. 나와버리네—. 콸콸 나와. 이렇게 참았었나? 생각해보면 오랫동안 누지 않고 상당히 참았던 것이 틀림없지만, 그렇다고 해도 이렇게나 많은 양의 오줌이 한 인간의 몸속에 고여 있을 수 있는 건가? 어떻게 된 거야? 이거. 이 오줌량. 이상하지 않아? 나 혼자만의 것이라고는 도저히 생각할 수 없다. 혹시나 요도가 어딘가로 연결되어 있다거나? 거기에 10인분 정도의 오줌 탱크 비슷한 것이 있고? 사실을 말하자면 이 오줌은 거기에서 나오는 것 아닐까…?

"웃…."

부르르 떨렸다.

보아하니 다 나온 모양이다.

란타는 그것을 도로 넣는 것도 잊고 지금까지 중에서 최대급의 한숨을 내쉬었다. 이 해냈다는 느낌. 장난 아니야. 뭐랄까. 이것을 위해 태어났다는 느낌? 그리고 이제부터 전설을 만들기 위해 다시금 걷기 시작하는, 그런 비슷한?

과장되게 말하자면, 이때의 란타는 살짝 전지전능한 신이 된 것 같은 기분에 잠겨 있었다. 전부 다 잘 풀릴 것이고 불가능은 없을 거라고. 그렇게까지 믿었기 때문에, 갑자기 "란타"라고 불릴 줄은 생각지도 못했다.

그래서 그다지 현실감이 없었고, 란타는 느긋한 동작으로 돌아보았다.

10미터 정도 앞에 서 있는 제법 큰 나무 뒤에서 놈은 걸어 나왔다.

"그런 곳에 있었나?" 애꾸눈 외팔이 사내가 말하자 란타가 제일 먼저 생각한 것은, 그것은 내가 할 말인데, 라는 것이었지만, 목소리로는 나오지 않았다. 대신에 "힉…"하고 딸꾹질 비슷한 것이 나왔다.

타카사기가 발을 멈추고 얼굴을 찡그리더니 "…어이"라며 턱짓을 했다. 그제야 란타는 "…네"라고 대답하고 나서, 네가 뭐야? 네가, 선생님과 학생이 아닌데—라고 다소 강한 수치심을 느꼈으나, 생각해보니 짧은 기간이긴 했어도 사제지간 비슷한 측면도 없지는 않았다. 따라서, 뭐, 괜찮은가, 라고도 생각했다. 아니, 괜찮지는 않은가? 어떤 거야? 음—, 어떨까…?

"우선 그것 어떻게 좀 해."

"…그것?"

"설마, 소변을 보고 싶어서 기어 나온 건가? 이 녀석."

"앗…!"

란타는 다리 사이의 물건이 밖으로 나와 있다는 사실을 깨닫고 황급히 집어넣었다. 허겁지겁 안식검(RIPer)을 뽑고, 겨눈다.

타카사기는 칼자루로 손을 뻗을 기색조차 보이지 않는다. 그 오른쪽 눈은 무엇을 보고 있는 건가? 이 남자는 도대체 뭘 생각하는 거지? 담배라도 필까—라고 생각하는 것 같은 얼굴인데, 아무러면 그럴 리야 없겠지.

란타는 휴—하고 숨을 내쉬었다. 몸이 움츠러들었다. 이래서는 움직일 수 없다. 저 아저씨한테 순식간에 죽는다. 정신 차려, 나. 그렇게 스스로에게 기합을 넣는다. 아니면 혹시 긴장을 좀 풀어야 할까? 고민된다. 라고나 할까, 긴장을 풀 수가 있겠냐고? 멍청아.

타카사기와의 거리는 7미터 정도다. 리프아웃(사출계)으로 단숨에 거리를 좁혀 기습을 감행할까? 아니지, 아니야. 무리 무리 무리. 그런 방법이 통할 상대가 아니다.

타카사기는 혼자인가? 동료는? 주위 상황을 확인하고 싶지만, 지금 타카사기에게서 눈을 떼는 것은 위험하다. 너무 위험해. 거의 자살 행위다. 진짜로, 진짜로, 너무나 위험하다고, 이 아저씨. 장난 아니라니까.

란타는 순식간에 땀에 흠뻑 젖었다.

"말해두는데….”

타카사기는 한숨을 쉬었다. 목을 꺾자 우두둑 관절이 소리를 냈다. 그 소리에 란타는 움찔해버려 수치심에 속이 탔다.

"…뭐, 뭐, 뭐야?”

"지금의 네놈이 나한테 이길 가능성은 만에 하나도 없다.”

"마, 마, 만에 하나라도 있다면 시험해볼 가치는….”

"나는 만에 하나 없다고 말했다.”

"모르잖아! 해보지 않으면!”

"그럼 해봐. 상대해주지.”

타카사기는 아무렇게나 검을 뽑았다.

왼팔을 축 늘어뜨려 검 끝이 바닥에 닿을 것 같다.

나라고―. 란타는 이를 악물었다. 바보는 아니라고. 당신이 승산 없는 상대라는 건 불을 보듯 잘 안다고.

실력 차이는?

란타가 레벨 50이라고 치면 타카사기는 레벨 99라고나 할까? … 응? 레벨? 무슨 레벨이야? 뭐, 전투 레벨 비슷한? 아무튼 두 배까지는 안 된다고 해도 두 배 가깝게 타카사기 쪽이 세다. 이것은 제법 큰 차이다. 예를 들면, 란타의 키는 170센티미터 정도인데 상대는 그 두 배 가까운 3미터 40센티미터 정도가 되는 것이다. 그런 놈과 정면으로 싸웠다가는 이길 가능성은 제로다.

파고들 빈틈은?

기본적으로는, 없다.

그야 빈틈없는 남자다. 허점이 있는 것처럼 보인다면 오히려 요주의고 그것은 함정이라고 생각하는 게 좋다.

외팔이에 애꾸눈 중년 남자가 어떻게 그토록 센 건가?

짧은 동안이기는 해도 스승과 제자처럼 훈련을 받았다. 그래서 물론 란타 나름대로 생각했다. 타카사기의 강함의 비결은 어디에 있는 건가?

신체 능력은 아마도 그리 탁월하지는 않다. 탁월하게 재빠른 것도, 힘이 센 것도 아니라고 할 수 있다. 지구력도, 이제 젊지는 않으니까 절정기를 지났을 것이다. 경험인가? 그건 당연히 있겠지. 하지만 분명 그것뿐만은 아니다.

타카사기뿐만이 아니라 강한 놈에게 대개 공통되는 부분이 하나 있는데, 그것은 뭘까, 담력이다. 강한 놈은 아무튼 뭐, 무슨 일이 있어도 동요하지 않는다. 이제 완전히 질 것 같고 이건 반드시 죽겠구나—라는 위기 상황에 처해도 침착하지 않을까? 그런 식으로 생각될 정도로 배짱이 있는 것이다.

강한 놈은 하나같이 둔감한 건가? 무섭다거나 위험하다거나 그런 걸 느끼지 않는 건가?

분명 그게 아니다. 그건 단순한 바보다.

무섭지 않은 것은 결코 아니지만, 무서워해봤자 소용없으니까, 위협을 위협으로 올바르게 이해하고 대처한다. 요컨대 그런 거지?

타카사기는 무섭다. 엄청 무섭다. 너무 무서워서 방금 전에 오줌을 눴는데도 또 쌀 것 같다. 그 정도로 무서운 상대를 앞에 두고 어떻게 하면 되는 건가?

땀이 말랐다.

좀 전까지 호흡이 거칠었는데, 란타는 지금 정상적으로 숨을 쉬고 있다.

타카사기가 입술 한쪽 끝을 올렸다.

"그렇다. 그걸로 좋아."

선생 행세야?

아니, 발끈해버리면 지금까지와 다를 바 없다. 사실을 있는 그대로 보고 받아들인다. 타카사기에게 어떤 속셈이 있는지는 모르고 그건 상관없다. 타카사기에게서는 배울 수 있는 것이 많이 있다. 그게 중요하다.

"그래서, 다음은 어떻게 하면 돼? 선생님."

란타가 그렇게 묻자 타카사기의 애꾸눈이 살짝 가늘어졌다.

"말로 가르쳐주는 건 잘하지 못해. 네놈의 몸으로 배워야 할 일이다."

"그런가. —뭐, 그렇지. 나도 그편이 성격에 맞—." 란타는 똑바로 뒤로 점프했다. "아…!"

이그저스트(배출계). 옆에서 보기에는 그냥 점프하는 것처럼 보이겠지만 실은 그렇지 않다. 보통 인간이 도움닫기를 하지 않고 높이 혹은 멀리 뛰려고 하면, 무릎을 굽혀 몸을 숙인 것 같은 자세가 되고, 거기에서부터 단숨에 무릎을 펴고 도약한다. 암흑기사는 그게 아니라 발목과 무릎, 허리 등을 독특한 방법으로 젖힌다고나 할까, 뒤틀어 순간적으로 폭발적인 힘을 만들어낸다. 더욱이 발꿈치와 발가락으로 번갈아 땅바닥을 참으로써 추진력을 강하게 한다. 이 새도 스텝이라 불리는 특수한 기법이 바로 어떤 의미로는 암흑기사를 암흑기사로 만든다. 평소에 사용하지 않는 다리 근육을 쓰기 때문에 몇 번 보고 대충 흉내 낼 수 있는 것이 아니고, 분명 암흑기사 외에는 구체적으로 무엇을 어떻게 하는 건지 모른다. 새도 스텝 때문에 암흑기사의 다리는 종아리가 기이하게 발달해서 원이 찌그러진 듯한 모양이 된다. 그리고 새도 스텝을 구사함으로써 이그저스트, 리프아웃, 미싱 등의 이동 스킬이 연마되는 것뿐만이 아니라, 헤이트리드(증오 베기)를 비롯한 온갖 공격 스킬에도 날카로움과 위력이 더해진다.

실력 차이는 지나칠 정도로 명백하지만 타카사기는 암흑기사가 아니다. 암흑기사인 란타는 할 수 있는 일을 타카사기는 할 수 없다.

란타가 타카사기보다 유리한 점이 있다면 그것 하나뿐이다.

암흑기사라는 것.

"말뿐인가? 란타…!"

타카사기가 곧바로 쫓아온다. 중년치고는 황당할 정도로 행동 개시가 빠르다. 그렇긴 해도 암흑기사의 이그저스트에는 미치지 못한다.

란타는 말없이 이그저스트를 두 번, 세 번 반복해서 타카사기와의 거리를 더욱 벌린다. 만약 이그저스트를 무한히 계속할 수 있다면 이대로 도망치는 것도 가능하다. 그러나 당연히 그것은 무리고, 이 사우전드 밸리는 수목 등의 장애물이 많고 토지도 평탄하지 않다. 어떻게든 나무에 부딪치지 않도록 조심하며 네 번째의 이그저스트로 섀도 스텝을 밟던 와중에 마른 나뭇가지에 발이 걸릴 뻔했다. 넘어질 수는 없다. 란타는 자세를 약간 무너뜨리면서 멈췄다.

타카사기가 다가온다. 아직 10미터 이상 떨어져 있겠지. 아니, 12~13미터쯤 되겠다. 꽤 여유가 있다.

"굿바이, 아저씨…!"

란타는 타카사기에게 등을 돌렸다. 순수한 술래잡기라면 란타 쪽이 젊기 때문에 우선 지지는 않는다. 게다가 12미터 이상의 어드밴티지가 있기 때문에 도망칠 수 있다. 검을 섞으려고 하는 척하다가 꽁무니를 뺀다. 그야말로 란타가 할 만한 짓이기는 하다. 진부하지만 효과적인 방법이다.

란타는 나무들 위치와 발 디딜 곳의 상태를 확인하면서 20미터 정도 달렸다.

타카사기와의 거리는 거의 변함없다.

포르간 무리는? 현재로서는 보이지 않는다. 이 근처에는 없는 건가?

이제 슬슬인가?

―라고 생각한 순간, 란타는 망설이지 않고 이그저스트로 뒤로 뛰었다.

공중에서 몸을 틀어 리프아웃. 타카사기에게 덤벼든다.

타카사기는… 웃었다.

웃어라. 마음껏 웃어.

란타는 안식검(RIPer)을 비스듬히 내리쳤다. 헤이트리드.

스피드와 혼신의 힘을 실은 일격이었지만 타카사기는 칼로 쉽사리 받아 쳐냈다. 어린아이 취급이다. 그렇겠지. 알고 있다고.

란타는 곧바로 이그저스트로 물러났다. 그리고 미싱(떠나는 새는 흔적을 남기지 않는다). 이 스킬은 대충 말하자면, 상체를 크게 오른쪽이나 왼쪽으로 움직이다가 그와는 반대 방향으로 뛴다. 대개의 인간은 시각에 의존하기 때문에 그만큼 눈으로 본 것에는 속기 쉽다. 상대는 암흑기사의 동작에 낚여 자기도 모르게 상체가 기운 쪽으로 시선을 향해버린다. 그러나, 실제로는 암흑기사는 그 반대로 이동하기 때문에 한순간 눈앞에서 사라진 것처럼 느껴지는 것이다.

하지만 타카사기는 현혹되지 않았다. 그 애꾸눈은 확실하게 란타를 뒤쫓고 있다.

백전노장인 아저씨에게 이런 방법은 통하지 않는다는 뜻이다.

그걸 분명히 확인한 것만으로도 좋다. 속고 속이는 것은 상대방도 잘하는 것 같으니까. 그쪽 방면으로 승부할 마음은 처음부터 없었다고.

란타는 리프아웃을 이용해서 비스듬히 왼쪽으로. 타카사기에게서 7~8미터 떨어졌다.

타카사기는 움직이지 않는다. 자세를 잡고 대기한다. 다 꿰뚫어 본다는 건가?

과연 대단해, 아저씨. 하지만 그쪽이 예측한다고 해서 물러서진 않아. 해주겠어.

이그저스트에서부터 몸을 틀어 리프아웃. 아까와 같은 공격 방법인데, 이번에는 안식검을 휘두르지 않았다.

찌른다.

앵거(분개 찌르기).

타카사기는 검으로 막지 않고 왼쪽으로 쓱 움직여 피했다.

온다. 반격이.

란타는 미싱으로 왼쪽으로 가는 척하다가 오른쪽으로 뛰었다.

타카사기는 검을 내지르지 않았다. 주저한 것처럼 보였는데, 실제로는 어떤 건가? 지근거리에서의 미싱은 상체의 움직임이 더욱 크게 느껴질 것이므로 제아무리 타카사기라 해도 엇—? 하고 생각했는지도 모른다. 이건 써먹을 만한가?

시험해보겠다. 냉정함을 유지하면서도 풀 파워 전력은 당연하고, 그것만으로는 부족하다. 란타의 역량은 타카사기에게 한참 못 미치니까 플러스알파가 필요하다.

다시금 이그저스트와 리프아웃으로 거리를 벌리고, 뒤틀어 이그저스트, 리프아웃으로 타카사기를 향해서 뛰어든다. 란타는 헤이트리드 자세를 취했다. 사정거리도 헤이트리드와 같다. 타카사기는 칼로 받으려고 했다. 어쩌면 받아내는 것이 아니라 이번에는 튕겨낼지도 모른다.

그전에 란타는 미싱으로 왼쪽인 척하다가 오른쪽으로 뛰면서 검을 휘둘렀다.

보아하니 의표를 찌를 수는 있었던 모양이다. 타카사기는 후퇴해서 란타의 검을 피했다.

"―재미있네."

그런가? 재미있나? 아저씨. 하지만 아직이다. 라고 속으로 외칠 뿐 입으로는 말하지 않는다. 잠자코 싸우는 것은 제법 인내심이 필요하다. 하지만 란타는 그렇게 해야만 한다.

이그저스트, 리프아웃으로 타카사기에게서 떨어진다.

쓸데없는 것을 깎아내버려라.

이제야 알 것 같다.

전혀 진심이 아니었던 거다. 강해지고 싶다. 강해지고 싶단 말이다. 반드시 강해질 거다. 말뿐이었다. 스스로는 열심히 한다고 생각했지만 전혀 부족했던 거야.

그야 그렇잖아? 이거다 싶을 때는 더할 나위 없을 정도로 진지했다고. 하지만 그건 누구나 마찬가지다. 위험할 때는 아무리 태평한 얼간이라도 필사적이 된다. 당연한 일만 했던 주제에 자신은 제대로 하고 있다고 착각했었다.

어설펐다.

결국 미지근한 물에 몸을 담그고 있었다.

내가 할 수 있는 일이 좀 더 있었는데도 하지 않았다.

그래서, 뭘 했지?

남의 탓을 했다.

나는 할 일은 척척 하는데 너희는 뭐냐고? 전혀 재능이라고는 한 조각도 찾아볼 수 없는 쓰레기들뿐이잖아. 뭐, 어쩔 수 없지. 어차피 원래 낙오자들 집단이었으니. 잔챙이니까. 나는 아니지만. 그야 나는 처음부터 분명히 알고 있었으니까. 나한테는 여러 가지가 보였으니까. 어차피 너희에게는 애초에 기대조차 하지 않았었고? 할 수 있는 한 애써봐. 어떻게 되든 잘되면 내 덕분이고 실패하면 너희들 탓이지만. 하루히로. 특히 너 말이야. 리더의 그릇이 아닌 네가 리더를 하는 탓이야. 네가 매번 실수만 저지르니까 이런 꼴이 된 거잖아.

너희가 그 정도니까 나도 이 정도로 괜찮지?

―그런 식으로만 생각했던 것은 아니다.

다만 하루히로 일행을 어딘가 심드렁한 눈으로 보는 부분이 있었다. 너희가 하나뿐인 목숨을 걸고 죽기 살기로 해봤자 한계가 있고. 왜냐하면 너희들이니까.

나는 달라. 너희 따위와 팀을 짰으니까 출세를 못하고 있는 느낌이지만, 이 내가 위의 파티에 들어가면 사자분신의 활약으로 초절정 대활약할 거라고. 나는 천하의 렌지조차 인정한 사나이거든? 너희와는 격이 다르다고, 격이.

그렇게 믿으면서도 한편으로는 분명 불안이 있었다.

란타는 뒤틀어 이그저스트, 리프아웃으로 타카사기에게 육박한다. 이번에는 앵거다.

타카사기는 뒤로 물린 오른발에 중심을 잡고 칼을 약간 올렸다. 그렇긴 해도 검 끝 위치는 허리보다 낮다. 수비적인 하단 자세. 란타가 어떻게 나올지 보려는 것이다. 타카사기가 조심성이 늘었다. 란타가 그를 신중하게 만든 것이다. 그러나 기뻐하지 마. 기세등등 하지 마.

란타는 앵거를 찌르지 않고 직전에 미싱. 오른쪽인 척하다가 왼쪽으로 뛰었다. 그러나 아직 검을 휘두르지 않는다. 타카사기는 똑똑히 란타를 눈으로 쫓는다. 검은 미동도 하지 않는다. 그럼 이건 어떠냐?

여기에서 한 번 더, 또다시 미싱.

타카사기는 검을 쓱 올렸다.

란타는 타카사기에게 덤벼들어 헤이트리드.

타카사기의 검과 안식검이 맞부딪쳐 불꽃이 튀었다.

공방전이 되기 직전에 리젝트(분노의 떨치기). 손목, 팔꿈치, 어깨, 허리, 두 다리까지 다 써서 상대를 튕겨냈다.

타카사기는 한 걸음만 물러서고 버렸다. 덤벼든다.

란타는 이그저스트로 뒤쪽으로. 이그저스트. 이그저스트.

타카사기는 쫓아오지 않는다. 홋 하고 한 번 숨을 내뱉고 힘을 뺐다.

나에게는 소질이 있다. —그렇게 믿었다.

하지만 진짜로, 진짜 내 실력은 이런 것 아닐까?

진짜 나는 좀 더 강한 것일까?

내가 힘을 다 발휘하지 못하는 것은 잔챙이들과 엮였던 탓인 걸까?

하지만 말이야.

한계의 한계, 더 이상은 이제 어떻게 해도 무리—라는 지점까지 자기 자신을 몰아붙여 단련이든 뭐든 한 결과, 뭐야, 고작 이런 거야? 그런 식의 결과밖에 나오지 않는다면 역시 충격이 너무 크잖아.

나도 안다고. 싸우는 와중에 목소리를 마구 내는 것은 쓸데없는 짓이고. 필살기 같은 걸 생각해봤자 거의 필살기가 안 되고. 하루히로네는 진짜 진짜로 아슬아슬할 때까지 하고, 오히려 내가 녀석들에게서 구원받은 적도 있다는 걸 알아. 하지만 나답지 않잖아. 바보는 하나밖에 모른다며 한 가지 일을 계속 집중해서 해낸다거나. 이것도 아니고 저것도 아니야—라며 전전긍긍하면서 생각한다거나 하는 건. 나는 나고, 녀석들도 나를 진심으로 말리려고는 하지 않았고, 별로 괜찮잖아?

나는 여력이 있다고. 아직 성장할 거라고. 여유, 여유라고. 그 녀석들, 뭘 진지하게 하는 거야? 너무 지나치게 진지하다고. 질색이야—. 농담 아니고 질색이라고, 그거.

너희는 언제나 너무 심각해서 볼품없다고. 그런 것, 폼 안 난다니까. 무엇보다—.

무엇보다, 있는 힘껏 발버둥치고, 진흙과 피에 범벅이 되고, 버둥거렸는데, 그래도 안 된다면 어떻게 할 거야…?

그 녀석들과는 섞일 수 없다고 생각했다. 주의가 달라. 사상이 맞지 않아. 나와 녀석들은 사고방식에 차이가 있어. 말하자면 합이 안 좋아. 그곳은 내가 있을 장소가 아니야. 하지만 내친김에 머물러 있었다고나 할까? 그런 경우도 있는 거니까. 참으면서 그럭저럭 지내온 거야.

단, 언젠가는 길이 갈라진다. 녀석들과는 결별하게 되겠지. 어딘가에 분명 있을 거야. 나에게 어울리는 장소가. 진심으로 좋아할 수 있는 이들이. 나는 제대로 존중받고 나도 그 녀석들을 리스페트할 것이다. —내가 이렇게 된 것은 하루히로, 너희들 탓이라고.

내 탓이 아니야. 나는 잘못 없어. 나는 약하지 않아.

미움 받는 자. 욕먹는 역할. 좋고말고. 아프지도 가렵지도 않다고. 그런 역할이 차라리 마음이 편하고?

날 좋아하지 않아도 돼. 그렇게 각오를 하면 눈치를 보지 않아도 되고. 자신을 굽히지 않아도 돼. 마음대로 할 수 있어. 오―오―어디 마음대로 말해봐. 너희들이 어떻게 생각하든 난 아무렇지 않으니까.

"란타."

타카사기가 검을 들었다. 칼자루를 쥔 왼쪽 손은 턱 가까이. 검신은 오른쪽 앞으로 약간 기울어졌다. 왼발이 앞. 무릎을 굽히고 허리를 낮췄다.

란타는 검 다루는 것을 잘 모른다. 그래서 추측이지만, 저것은 공방일체의 자세겠지.

다음은 동작이 시작될 때 미리 친다―즉, 란타가 공격으로 나서려고 할 때 박살 내겠다는 것이다. 타카사기는 란타의 움직임을 충분히 보고 파악했다. 적어도 타카사기는 그렇게 판단한 것이겠지. …얕보고 있어.

어디 해보자고!

나 님을 초전박살 낼 수 있다면 해봐!

지금까지의 란타라면 그런 식으로 머리에 피가 몰려 대들었겠지. 그래서는 진보가 없다는 거다.

타카사기로부터 8미터는 떨어져 있다. 란타는 일부러 발을 멈췄다.

"…음?" 타카사기는 살짝 얼굴을 찡그렸다.

걱정하지 마. 겁먹은 게 아니니까. —나는 암흑기사다.

암흑기사로서 싸운다. 그것이 유일하게 유리한 조건이다.

그리고, 암흑기사는 암흑투법뿐만 있는 게 아니다.

"암흑이여…."

란타가 주문을 읊으려고 했더니 타카사기가 돌진했다. 란타는 간신히 집중력을 흐트러뜨리지 않고 영창을 계속할 수가 있었다.

"악덕의 주여, 데이몬 콜(악령초래)."

"스컬헬의 똘마니가…!"

타카사기의 검이 쭉 뻗어 나온다. 베기라고도 찌르기라고도 할 수 없다. 마치 타카사기의 왼팔과 검이 일체가 되어 채찍으로 변한 것 같다.

아슬아슬했다. 섀도 스텝을 구사해서 후퇴하는 것이 아주 약간만 늦었어도 란타는 타카사기의 칼날의 먹잇감이 되었을 것이다. 당황해서 조금이라도 빨리 도망쳤다면, 움직이면서 주문을 다 읊을 수는 있었어도 마법이 완성되지는 않았을지도 모른다.

란타가 한순간 전까지 있던 장소 근처, 타카사기 바로 뒤에 거무스름한 보라색 구름 같은 것이 나타났다. 구름이 급속하게 소용돌이쳤다.

"—웃…."

타카사기가 돌아보려다가 옆으로 점프했다.

구름은 이미 어떤 형태를 만들었다. 보라색 시트를 머리에서부터 뒤집어쓰고 오른손에는 식칼 같은, 왼손에는 곤봉 같은 무기를 든 인간, 이라고 말하면 좋을까? 떠 있는데도 다리가 분명히 두 개 있고 그것이 묘하게 리얼하다. 두 개의 눈은 뻥 뚫린 구멍 같고 그 밑에는 찢어진 균열 같은 입이 있다.

그 이름도 조디악.

암흑기사 란타의 데이몬이다.

'키히… 이히히히히…! 오랜만이다, 망할 란타…! 당장 만 번 죽어라…!'

"네놈이…." 타카사기가 "죽어!"라며 날카롭게 검을 휘둘렀다.

조디악은 둥실 뜨더니 뒤로 공중제비를 돌아 타카사기의 베기를 피했다.

'쿠히… 쿠히히… 란타보다 먼저 죽을래? 초로…?'

"초로가 아니야! 나는 아직 중년에 막 들어선 참이다…!"

타카사기가 조디악에게 덤벼든다. 웬일로 익사이트했다.

조디악은 스슥 물러나 타카사기에게서 도망쳤다. 예의 그 둥실 뒤로 공중제비, 혹은 몸을 돌리면서 타카사기의 칼을 피한다.

란타는 한숨 돌리면서 타카사기의 상황을 살폈다. 저 아저씨쯤 되는 자가 저 정도로 폭발하나? 모르겠다. 그런 척하는 건지도 모르고, 의외로 노화에 신경 쓰기 때문에 자기도 모르게 화가 난 건지도 모른다. 란타는 판단할 수가 없었다. 타카사기는 연기력이 뛰어나다. 그리 쉽게 속내를 드러내지 않는다. 그렇다는 것은, 역시 연기하는 건가? 란타를 유인하는 건가? 혹은 이렇게 해서 란타를 헷갈리게 만드는 것이 타카사기의 노림수인지도 모르겠다.

행동 하나하나 전부에 의도가 있다.

이것이 싸움인가?

이렇게 머리와 몸을 죄다 사용해야 하는 건가?

성가셔. 못해먹겠어. 한 방에 확 끝내주겠다. ―그런 지금까지의 자신과는 결별할 것인가?

"암흑이여, 악덕의 주여, 드레드 베놈(암흑병독)…!"

란타는 암흑의 독기를 불러내서 타카사기에게 끼얹으려고 했다.

타카사기는 독기로부터, 그리고 조디악으로부터 도망친다. 중년으로는 보이지 않는 민첩한 동작으로 뛰고 도망쳐 다닌다. 장기의 추적 성능은 별것 없다. 그러나 타카사기가 후퇴할 방향은 예측했다.

란타는 리프아웃으로 타카사기의 진행 방향으로 뛰어나가 슬라이스(사자 베기). 8자를 그리는 것처럼 안식검을 휘둘렀다. 아니, 8자를 그리던 도중에 란타의 검은 타카사기의 검에 튕겼다.

'끼히…!'

조디악이 타카사기를 따라잡아 식칼 같은 물체를 내리치려고 했다.

거기서부터 타카사기는 대단했다. 분명 뒤를 돌아보면서 동시에 검을 비스듬히 내리치고, 그대로 멈추지 않고 또 뒤로 돌아 검을 쳐올렸다고 생각한다. 조디악은 식칼 같은 물체로 이것을 간신히 막고 란타도 검으로 간신히 방어했다. ―그러나 란타는 엉덩방아를 찧고 손이 저려 하마터면 검을 떨어뜨릴 뻔했고, 조디악은 놀랍게도 5~6미터나 날아갔다.

엄청난 위력이다.

게다가 거의 보이지 않았다. 방금 그거 귀신처럼 빨랐는데…?

아니, 깜짝 놀라고 있을 때가 아니다. 란타는 앞으로 숙인 자세로 이그저스트. 타카사기에게서 떨어졌으나… 젠장….

아저씨 놈.

"하면 되잖아, 란타."

타카사기는 으스대면서 칼등으로 자기 어깨를 톡, 톡, 두드리며 입술 한쪽 끝을 올렸다. 여유롭다, 이거냐?

그렇겠지. 타카사기는 방금 전에 란타를 봐주었다. 엉덩방아를 찧은 란타를, 마음만 먹으면 단칼에 동강 낼 수 있을 터였다. 일부러 그렇게 하지 않았다.

타카사기는 크큭—목을 울리며 웃었다.

"한 번 뒈진 거다, 네놈."

어째서야? 왜 죽이지 않았지? 은혜를 입힐 셈인가? 진짜로 아직 선생 행세를 할 셈인가? 까불지 마. 아니, 마구 까불다가 뒈져라.

"…아아."

란타는 전부 이해했다.

조디악이 장기인 욕설도 내뱉지 않고 이쪽을 보고 있다. 구멍 같은 눈 안쪽에서 뭔가가 빛난—것 같은, 느낌이 든 것뿐일까?

"그렇군." 인정하고 나서 란타는 한숨을 쉬었다. "그래도 나는 죽지 않았어. 아직 당신과 싸울 수 있다는 뜻이다."

"그렇지도 않아."

타카사기는 어깻짓을 하고는 콧물을 훌쩍였다. 고개를 숙인다. 금방 다시 고개를 들고 애꾸눈으로 비스듬히 란타를 응시했다.

"이번 한 번만 말하겠다. 한 번은 용서해주겠다. 대장은 화나지 않았어. 다른 놈은 어떤지 모르지만, 내가 대장한테 잘 말하면 수습해줄 거다. 나와 함께 돌아가자, 란타."

란타는 입을 벌리려고 했다. 하지만, 지금 무슨 말을 하면 좋은 거야…?

물어보면 되나? 아저씨, 그게 당신 속마음인가? 설마 속여서 해치우려는 건 아니겠지? 당신은 그런 짓은 하지 않던가? 필요하다면 하겠지만, 나한테는 하지 않아. 그런 짓을 하지 않아도 당신은 나를 죽일 수 있다. —그렇다면.

진심인, 건가?

당신, 진심으로 말하는 건가?

배신한 나를, 죽이기 위해서가 아니라 데리고 돌아가기 위해서 일부러 쫓아왔다는 건가?

나를, 용서한다고?

은혜를 원수로 갚는 짓을 한 이 나를? 용서해주는 건가? 포르간으로 돌아갈 수 있는 건가? 그건, 참….

란타는 눈을 깜빡였다. 한 번이 아니다. 연속으로 몇 번이나 깜빡였다. 콧속이 왠지 시큰했다. 눈이 가렵다. 혀를 찰 것 같다. 이를 악물었다. —그만둬.

그런 말, 하지 마.

모처럼 큰맘 먹고 뛰쳐나왔는데, 주춤거리게 되잖아.

"…한계였어."

아저씨가 그런 말을 했다고 해서 나까지 이런 말 할 것 없잖아. 안 되잖아. 이런 때는 잠자코 있어. 나는 배신한 거야. 근사하게, 깔끔하게, 이것 보라는 듯이 배신했다. 이제 와서 무슨 말을 해도 변명이 된다. 그걸로 좋아. 그 때문에 그런 식의 배신을 한 것이다.

설령 돌아가고 싶어져도 돌아갈 수 없도록.

"더 이상, 당신들과 있으면… 몸도 마음도 포르간에 물들어버릴 것 같아서. 당신들이, 정말로, 진심으로, 좋아질 것 같아서. 당신들과 살아가고, 당신들과 죽는다. 이제 그것만으로도 좋지 않을까 하고, 한 치의 망설임도 없이 그렇게 생각하게 될 것 같아서. …그게 한계였어. 나는 갈림길에 있었던 거야. 어느 한쪽을 선택해야 했다. 포르간이 될지, 아니면….”

“아니면, 뭐야?”

“…나인 채로, 있을지.”

“네놈이 말하는 그 나란 것은 뭐냐?”

“그러니까… 포르간을, 당신들을 만나기 전의 나.”

“어디서 굴러먹던 말 뼈다귀인지도 모를 애송이들과 빈둥거리던 때의 네놈이라는 건가?”

“별로 놀았던 건 아니야.”

“뭐?”

“당신에게는 한심하게 노는 것처럼 보일 뿐이라도. 그 녀석들 나름대로 분발했었어. 여러 가지 일이 있었고, 죽은 녀석도 있다.”

“누구나 살아 있으면 언젠가는 죽는다. 네놈도 나도. 죽어도 죽지 않을 것 같은 우리 대장이라고 해도. 불사족인 아놀드도 머리를 두 동강 내면 아무 말도 할 수 없게 된다. 그게 어쨌다는 거야?”

“…파트너가 있었어. 내 힘이 부족했기 때문에 죽게 만들었다.”

“죽게 만들었다고? 거창하게 나오네, 란타. 타인의 생사를 짊어질 정도로 네놈은 대단한 놈인가?”

“내가 좀 더 제대로 했다면 그 녀석은 죽지 않았을지도 몰라.”

“아니, 그건 아니야. 그 녀석이 죽은 것은, 운명이라는 놈에게 거역할 정도로 그 녀석 본인의 힘과 운이 따르지 못했기 때문이다. 그렇게 누구나 혼자서 죽어간다.”

"…그렇겠지. 아저씨, 당신 말이 맞겠지. 나도 포르간이 되면 언젠가 분명 당신처럼 생각하게 될 거야. 당신들은 사이가 좋아도 쓸데없이 끈적거리지 않아. 누구나 자기 발로 서 있지. 마음이 맞는 놈들과 같이 행동해도 죽을 때는 혼자라는 걸 알아. 그것이 인생이라는 거지. 당신들은 진짜 사나이야. 멋있고, 동경해. 나도 당신들처럼 되고 싶어."

"그렇다면 되면 돼. 일일이 움찔거리지 말고, 길건 짧건 굵게 살아간다. 필요한 것은 그 각오뿐이다."

"거짓이 되어버려."

"뭐라고?"

"나는 그런 인간이 아니야. 포르간이 되어서 당신들을 흉내 낼 수는 있어. 기분 좋게 지낼 수 있겠지. 하지만 그건 진짜 내가 아니야."

"중년의 잔소리다. 잘 들어, 란타. 진짜 네놈 따위, 그런 대단한 건 아무데도 존재하지 않아. 네놈뿐만이 아니다. 나도 그래. 나와 네놈을 위한 길이 처음부터 준비되어 있다고 생각하지 마. 앞을 향해 나 있는 걸로 보이는 길은 착각이다. 길은 걸은 뒤에 생긴다. 돌아보면 거기 보이는 걸어온 발자취가 바로 '나'라는 것이다. 1초 후에는 전혀 다른 방향으로 나아갈지도 몰라. 그것도 또한 나다. 진짜 자기 자신 같은 것은 찾아도 발견할 수 있는 것이 아니야. 내 삶이 나를 결정한다. 즉, 그것이 나인 것이다."

"제법 설을 풀잖아."

란타가 헷—하고 웃자 타카사기는 멋쩍어 하는 기색도 없이 희미한 웃음을 지었다.

"나도 이제 나이를 먹었으니까. 그렇게는 안 보이겠지만."

"보인다고."

"그런가."

"응. 과연 내 두 배 이상 살아왔구나 싶네. 솔직히 찡하네. 요컨 대, 지금까지의 나, 지금의 내가 어떻든, 선택하기에 따라서 어떤 나도 될 수 있다는 거지? 포르간으로서 살아가고 싶다면 나는 그렇 게 할 수 있다…."

란타는 천천히 숨을 들이켜고, 내쉬었다.

타카사기는 아무 말도 하지 않는다. 하지만 이대로 계속 란타가 잠자코 있으면 타카사기로서도 답을 재촉하거나 재차 물어볼 수밖 에 없겠지.

돌아갈래? 라고.

그런 말을 타카사기에게 시키고 싶지 않다. 정말로 짧은 시간이 지만, 타카사기는 스승으로서 란타를 단련시켜주었다. 지금 현재도 은근히 가르쳐준다. 사람 챙기는 걸 좋아하는 성격인가? 그렇겠지. 그저 실력이 있는 것만으로 포르간 무리로부터 그렇게 신뢰받고, 중진 같은, 간부 같은 존재가 될 수는 없다. 잠보는 집착하지 않는 건지도 모르지만, 그렇기는 해도 그는 인간인 것이다. 역시 같은 인 간이라서 타카사기는 란타에게 신경을 쓰는 건가? 그런 부분도 없 지는 않을지도 몰라. 어쨌든 타카사기는 란타를 데려가려고 와준 것이다.

고마웠다.

고마워—라고는 입이 귀까지 찢어져도 말할 수 없지만.

"원래 살아남기 위해서, 쓸모없는 여자를 살려주기 위해서 당신들의 동료가 된 것이 시작이야. 방편일 뿐이었어. 당신들과 마음이 맞을 것 같았으니까, 한동안 눌러앉는 것도 나쁘지 않을 거라고 생각하기도 했지만. 당신들 대열에 가담하면 일일이 망설일 일은 없을 테고, 맛있는 술을 마시고, 신나게 떠들고, 재미나게 살다가 죽을 수 있지. 최고야, 망할! 너무 최고라서 구역질이 나! 나에게는! 비록 오줌 물을 마시는 한이 있어도, 라면가게 모구조 & 란타를 개점해야 할 이유가 있어…! 어떤 이유냐고?! 이 나 님이 그렇게 정했으니까! 나는! 암흑기사다아아앗…!"

도중에서부터 자신이 무슨 말을 하는 건지 알 수 없게 되었지만 폭발할 정도로 용솟음치는 것만은 있었다. 이것은 피다. 뜨거운 혈류다. 포르간 속에 있었을 때는 어째서인지 느끼지 못했던 것이다.

—미지근한 물. 그런가. 그런 거였나.

파루피로링 일행과 같이 있던 때는 자신에 대한 관대함 때문에 생긴 미지근한 물이었다. 하지만 망할 잔챙이들만 모였으니까 상황은 꽤나 힘겨웠고, 절체절명의 위기도 일상다반사였고, 저절로 피가 끓었다. 그러나 도망쳐 들어가려 한 포르간 역시 또 다른 미지근한 물이었던 것이다.

잠보를 존경하고 타카사기에게서 가르침을 받고 여러 놈들과 친구가 된다. 그것이 내가 살아갈 길인가?

아니, 다.

그것은 상당히 매력적이고 기분 좋은 것임에는 틀림없지만, 내가 … 이 나 님이, 마음의, 영혼 밑바닥에서부터 구하는 것이 아니다.

'키시시…!'

조디악이 갑자기 무시무시한 목소리를 냈다.

타카사기가 약간 자세를 바로잡고 조디악 쪽으로 고개를 돌렸다.

'이히…! 이히히히히…! 잘 말했다, 란타…! 저주받아 죽어라…!'

"오옷…."

타카사기는 경악했다. 그야. 아무리 아저씨라도 놀라겠지. —나조차도 놀라 자빠질 뻔했는데?

조디악이 순식간에 변해간다. 변한달까, 조디악, 그 시트 같은 것… 역시 뒤집어쓰고 있었던 거야? 시트를 치운다기보다—허물 벗듯이 벗겨지더니, 미끈한, 남자인지 여자인지 모를, 인간을 닮은, 하지만 명백하게 인간이 아닌 육체가 드러나고, 거기에는 머리도 있고… 하지만 밋밋했다! 눈도 코도 입도 없다. 진짜야? 징그러운데? 사실 궁금하지만 보고 싶지 않았던 조디악의 나체를 보고 만 것은 불과 한순간이었다. 일단 벗겨진 시트 같은 것이 파라락 풀려서 실처럼 되더니 조디악에게 다시 감겼다. 덧붙여 식칼 같은 무기와 곤봉 같은 것도 파바밧 하고 실이 되어 조디악의 손안에서 다른 것으로 형태를 바꾸었다.

'…사(死)… 사사사사사사… 사사사사사사사사사… 사사사사사사사사사사사사사…'

이크.

진짜, 무시무시해.

눈물이.

콧물이.

란타는 떨었다.

가냘픈 몸에 어두운 보라색 갑주를 한 치의 빈틈도 없이 두르고, 유난히 날이 구부러진 긴 치도(주1) 같은, 칼자루가 긴 무기를 두 손

주1) 치도: 薙刀. 장도. 자루가 길고 날이 완만하게 휜 칼.

으로 된 뭔가가 거기에 있었다.

무기 형태도, 갑주 디자인도 흉흉하기 짝이 없고, 너무나 근사하다.

바로 그거지.

안 그래?

그거잖아?

암흑기사라고 하면 그거지?

"…멋있다."

'액사… 액사사사… 좀 더 칭찬해라… 차라리 칭찬하다 죽어버려라….'

"아니, 그보다, 조디악이―맞아…?"

'키시… 시시시… 씨 자를 붙여, 겁쟁이 망할 뼈다귀….'

"어, 그럼, 조디악이 씨…?"

'………'

"조디앗 씨? 이게 좋아?"

'…………'

"앗. 이렇게 되면 차라리 조디라거나 그렇게 이름을 바꿔버리는 건 어때? 그리고 씨를 붙여서 조디 씨라거나."

'……님.'

"조디 님? 님이라. 음…." 란타는 고개를 갸웃거렸다. "님은 좀. 조디 님. 어감이 별로. 나쁘지는 않지만. 조디아 님이라거나? 아니, 그게 아니라, 님은 아무리 그래도 좀 이상하잖아. 씨도 그래. 사실 내 데이몬이잖아? 그보다 왜 멋대로 진화? 한 거야?! 바이스를 쌓기 위해서 스컬헬에게 제물 비슷한 걸 바치는 의식이라거나 그런 거, 나 계속 안 했는데?! 하고 싶어도 할 수 없었는데! 마음속으로는 기도 같은 걸 했지만, 다룽갈에서 거시기하기도 하고 여러 가지 일이 있었고!"

'…거기는……'

"거기는?"

'부부(詁詁)…….'

조디의 눈 부분에 도깨비불 같은 빛이 지펴져 일렁였다. 그뿐만이 아니다. 온몸에서 드레드 베놈을 연상시키는 기 같은 것이 흐릿하게 피어오르고 있다.

'…기업 비밀이다… 끼히… 오늘 밤 몸부림치다 죽어라….'

"아니, 기업은 아니지 않아?"

'암흑신 스컬헬은 보고 있다….'

"엇."

'나느ㅇㅇㅇㅇ은… 스컬헬… 암흑신이로다….'

"서, 설마, 스컬헬 님 본인?! 강림하신 거야?! 아니, 본인은 아닌가? 일단 사람이 아니라 신이니까…."

'일다아아아아안…?!'

"죄, 죄송. 일단이 아닙니다. 완전 신이십니다, 신! 아니, 신 분위기 엄청! YO! 신! 지나치게 신! 신 중의 신! 스컬헬 님이 신이 아니라면 어디에 신이 있단 말인가~ 뭐 그런 느낌?!"

'화… 낸다….'

"죄, 죄송합니다…!"

이럴 땐 그것밖에 없다.

머리에 떠오른 순간, 몸이 움직였다.

펄쩍 뛰어 공중에서 한 번 온몸을 뒤로 젖힌다. 그리고 땅바닥에 머리부터 처박을 기세로 팔을 짚고 머리를 바닥에 붙였다. 이것이야말로 집안 대대로 내려오는 보물 같은 스킬—.

THIS IS THE JOARIGI!

아닛!

THIS IS THE JUMPING JOARIGI!

"—보시는 바와 같습니다…! 용서해주십시오?! 스컬헬 님…?!"

'쿠쿠… 쿠….'

"뭐든지 할 테니까요?! 뭐든지는 오버인가?! 그러니까, 목숨 말고는 뭐든지 바친다고나 할까, 뭐, 사실은 이 마음만으로 용서해주길 바라지만, 그건 가급적 양보할 수밖에 없고, 역시…."

'반성의 기색이… 그다지 보이지 않는다… 키히히….'

"그, 그렇습니까?! 그, 그렇지 않다고 생각하는데요?! 저기, 아저씨. 아저씨도 그렇게 생각하지 않아…?!"

"이 상황에서 나한테 말을 돌리는 건가? 네놈의 신경은 어떻게 생겨먹은 건지…."

"보면 알잖아?! 일관되게 이런 신경인데?!"

"할 말이 없다…."

"나 몰라라 하고 날 버릴 건가?! 비겁자!"

"진짜로 뭐라고 말하면 돼…?"

"그런 건 스스로 생각해, 바보! 이크, 방금 그건 말이 좀 지나쳤어. 미안, 미안." 란타는 가볍게 하핫 하고 웃으며 일어서서 안식검을 겨눴다. "—자, 그럼, 뭔지는 모르지만, 분명 내가 한참 여러 가지를 죽이고 암흑기사적으로 랭크업인지 레벨업인지 한 덕분에 파

위업을 해버린 내 조디! 암흑기사답게 비열하게 둘이 덤벼들어 아저씨를 해치우자!"

"…내추럴하게 쓰레기로군, 네놈."

타카사기는 어이없다는 얼굴이다. 몸에서 딱 알맞게 힘이 빠져나갔다기보다는, 이완된 것처럼 보인다. 힘뿐만이 아니라 기도 빠져버린 것 아닐까? 그러면 좋겠다.

암흑신 스컬헬이 강림해서 빙의—했을 리가 없다. 콩트 같은 분위기상 그렇게 연기했을 뿐인 조디가, 보기에도 흉악해 보이는 긴 치도를 소리도 없이 한 번 회전시키고 서서히 타카사기에게 다가갔다.

"암흑이여, 악덕의 주여… 드레드 아우라(암흑 투기)."

란타는 곧바로 거무스름한 자주색 기를 불러내서 몸에 둘렀다. 이 기는 스컬헬의 편애가 형태를 취한 것으로, 암흑기사의 신체 능력을 강화하며 그 효과는 축적한 바이스의 양에 따라 증가한다. 란타는 어느 틈엔가 조디악이 조디로 진화할 만큼 바이스를 쌓은 것이다. —최고조다.

몸이 가벼워졌다. 감각적으로는 체중이 갑자기 절반이 된 것 같다.

대단하네, 이거.

용솟음친다는 정도가 아니야.

코피가 날 것 같다.

그래도 기세등등해서는 안 된다. 금방 교만해져서 발목을 잡힌다. 란타의 나쁜 버릇이다. 혼이 아무리 뜨겁게 불타도 머리는 쿨하게 식혀둬. 속마음을 말하자면, 외치고 싶다. 큰 소리로 포효하고 싶다. 하지만 그러지 않는다. 소용없으니까가 아니다. 마이너스니까다.

타카사기가 란타를, 그리고 조디를 흘낏 본다. 검을 쥐는 타카사기의 왼손에 조금 힘이 들어갔다. 턱을 내리고 란타와 조디를 잇는 직선상에 서는 위치를 정한다. 타카사기는 란타에게도 조디에게도 정면으로 서지 않고 등을 보이지도 않는다.

공격해—라고 란타가 명령하자 조디가 움직였다. 조디에게는 귀여웠던 조디악 시절의 모습은 흔적도 없었다. 그러면서도 자기 분신처럼 느껴지고 이미 애착이 있다. 그러나 데이몬은 어디까지나 데이몬일 뿐이다. 한가할 때 의인화해서 애완하는 것은 괜찮아도, 싸움 장소에서는 유효하게 사용한다. 비정해져라. 아니, 데이몬에게 정을 품는다는 것이 애초에 착각이다.

'죽어어어어어어어어어어어어어어어어어어어어어라…!'

조디가 긴 치도를 치켜들고 타카사기에게 덤벼든다.

란타도 리프아웃으로 뛰었다. 하지만 똑바로 돌진하지는 않는다. 타카사기의 등 뒤로 돌아가려고 했다. 타카사기로서는 란타에게 뒤를 내주지 않도록 움직이고 싶겠지만, 조디가 있다.

타카사기의 검이 조디의 치도를 튕겨냈다.

조디는 밀려난 반동을 이용해서 치도를 빙글 돌려 그대로 휘둘렀다.

타카사기는 왼쪽 비스듬히 뛰어 물러섰다. 그때 란타가 덤벼든다.

앵거.

타카사기는 몸을 틀어 란타의 검을 피했다.

―고 생각했는데, 반격이 날아왔다.

　타카사기가 백핸드 블로 같은 요령으로 검을 휘둘렀기 때문에 란
타로서는 예측하기 힘들었다. 드레드 아우라로 몸이 예민해지지 않
았다면 반사적으로 피할 수는 없었을 것이다. 란타는 자세를 무너
뜨린 채로 간신히 리프아웃으로 도망쳤다. 타카사기는 란타에게 추
가 공격을 가할 수 없었다.

　'이이이이이이이…! 이이이이이…! 이이이이이이이이이이…!'

　조디가 치도를 내리치고, 찌르고, 찌르고, 타카사기를 공격한다.
타카사기는 검으로 받지도 않고 여유 있게 치도를 피한다. 그러나
조디를 무시하고 란타를 쫓아오지는 않는다. 그럴 수가 없는 것이
다. 조디는 타카사기를 해치우고자 덤비는 게 아니다. 어차피 조디
만으로는 타카사기에게 이길 수 없기 때문에 견제하고 붙잡아두려
고 한다. 단지 그것에만 집중하고 있다. 아니, 란타가 그렇게 시키
고 있다.

　사실 조디를 그렇게 방패역에 전념시켜봤자 길게는 버티지 못한
다. 타카사기는 얼마 안 가서 조디의 공격을 간파할 것이다. 그렇게
되면 조디는 당한다. 아마도 너무나 간단히.

　란타는 비틀어 이그저스트로부터 리프아웃으로 연결시켜 타카사
기에게 돌격했다.

　헤이트리드.

　"―웃…!"

　타카사기는 약간 호흡이 흐트러지면서도 조디의 치도를 검으로
쳐내고 곧바로 반격해서 란타에게… 아니, 아니다.

　검으로 쳐낸 치도가 바깥쪽으로 빗겨나 조디의 앞쪽이 텅 비어

버렸다.

타카사기는 파고들어 조디에게 태클을 날려 밀쳐 쓰러뜨렸다. 그리고 다시 란타를 향해서 검을 비스듬히 올렸다.

하지만 란타는 타카사기가 조디에게 태클을 날릴 것을 예측하고 있었기 때문에. 이미 검을 휘두르고 있었다.

시간이 늘어진 것처럼, 타카사기의 검이 조금씩 다가온다. 란타는 몸을 활처럼 휘어 도망치려고 했으나, 이대로는 늦는다. 왜 아저씨뿐만이 아니라 나까지 늦는 거야? 양쪽 다 늦으면 아무런 의미도 없잖아. 화풀이다. 알고 있다. 시간에게 죄는 없다. 애초에 왜 이렇게 모든 것이 천천히 움직이는 것인가? 머리만은 고속으로 돌고 있는 듯, 이것도 아니고, 저것도 아니라며 생각할 수는 있다. 하지만 아무리 생각해봤자 재빨리 움직이는 것은 도저히 불가능했다.

타카사기의 검은 란타의 턱으로 파고들 것 같다.

만약 아주 조금만 더 몸을 젖힐 수가 있다면, 종이 한 장 차이로 피할 수 있을 것 같은데. 그 조금이 안 된다.

얼굴 아래 부분을 싹둑 베이면 엄청나게 아플 테고, 우선 제대로 싸울 수 없고, 상대가 지나치게 숙련된 아저씨고, 끝이겠지…?

아니.

끝이 아니다. 죽을 수는 없는 것이다. …아마도. 죽지는 않아.

그렇다면 아직 방법은 있다. 부상을 최소한으로 하고 반격해라. 할 수 있지?

응, 할 수 있어. 해주지. 나는 암흑기사다. 그러니까 뭐 어쨌냐는 느낌도 들지만, 정정당당한 암흑기사라는 건 이상하잖아. 암흑기사는 지저분할 정도로 포기가 나쁘다. 분명!

하지만… 어라?

이상하다.

타카사기의 검이 둔하다. 이거라면 피할 수 있지 않을까?

"크앗…!"

란타는 단숨에 몸을 활처럼 젖혔다. 머리가 거꾸로 땅바닥에 닿았다. —오우.

브리지라는 것…? 그렇지? 이 자세…?

물론 이대로 있을 수는 없기 때문에, 거꾸로 된 머리를 지점으로 해서 "—끙…!"하고 온몸을 회전시켜 반동으로 "홋…!"하고 뛰어올랐다.

헛스윙을 한 타카사기는 왠지 체면이 구겨진 듯한 표정으로 혀를 차고, "에에잇…!"하고 검을 내지른다. —닿지 않아, 아저씨.

란타는 "크앗…!"하고 타카사기의 검을 뿌리치고, 덤벼든다. 타카사기는 그걸 검으로 막더니 대치 상태가 되기 전에 검신의 각도를 바꾸면서 누른다. 타카사기는 떨어지고 싶어한다. 대치 상태로 몰고 가고 싶지 않은 것이다. 그렇다면, 달라붙는다.

"끄앗…! 응차…!"

란타의 입에서 저절로 목소리가 흘러나온다. 타카사기는 산전수전 다 겪은 고수다. 사소한 거동, 힘이 들어가는 방식, 빼는 방식, 밀고 당기기, 몸의 방향, 시선으로 란타를 뒤흔든다. 밀쳐내려고 한다. 틀림없다. 타카사기는 격렬하게 맞부딪치는 것을 싫어한다.

생각해보면 당연하다. 체격은 란타보다 타카사기가 좋다. 팔 힘도 타카사기가 위겠지. 단, 타카사기는 애꾸눈이다. 검을 두 손으로 든 란타와 정면으로 힘겨루기를 하면 타카사기라고 해도 고전할 것이다.

타카사기가 아무리 검의 달인이라도, 평소 쓰던 팔을 잃었다는 사실은 바꿀 수가 없다. 없는 팔은 휘두를 수 없는 것이다.

확실히 란타의 실력은 타카사기에게는 미치지 못한다. 그 때문에 란타는 타카사기를 과대평가했다. 요컨대 겁을 먹었던 것이다.

과신해서는 안 되고 꽁무니를 빼서도 안 된다. 정신의 저울이라는 것이 있다면, 어느 한쪽으로도 기울지 않고 균형이 잡힌 상태를 유지해야 한다. 간단한 일은 아니다. 어려워도, 해내겠다.

"젠장…!"

조바심을 낸 건지 타카사기가 오른발로 란타의 오른쪽 다리를 쳐내려고 했다. 란타는 검뿐만이 아니라 발 테크닉도 경계했었기 때문에 이것은 피할 수 있다고 생각했다. 그 순간, 어떤 영상이 뇌리에 떠올라 란타의 몸이 저절로 반응했다.

검을 휘감아 올리는 것처럼 움직여 타카사기의 검 위에 검신을 미끄러뜨린다. 이 시점에서 이미 검 끝을 타카사기의 안면에 들이대는 상태가 될 뻔했다.

타카사기도 검을 휘감아 올려 란타의 검을 튕겨내려고 했다.

란타는 일부러 거스르지 않고 검을 일단 올린 후에 휘감아 내렸다.

다시금 검 끝이 타카사기의 코끝 언저리를 조준한다.

타카사기가 애꾸눈을 크게 떴다.

검을 밀어 넣는다.

타카사기는 몸을 뒤틀면서 "웃…!" 신음하며 점프해서 물러섰다.

얕아. 너무 얕다.

란타의 검은 타카사기의 왼쪽 뺨을 불과 2센티 정도 베었을 뿐이었다. 게다가 가죽 한 겹이다.

란타는 이그저스트로 후퇴해서 숨을 한 번 쉬었다. 다시 재정비한다. 전환해라. —하지만.

해냈네, 파트너.

이름을 불러 고마움을 전하고 싶어졌지만, 가슴속에 넣어두었다. 감상에 젖어 있을 때가 아니다. 그렇지? 파트너.

"…윈드(권격)라는 것인가?"

타카사기는 왼쪽 어깨를 가볍게 돌리고는 퉷—침을 뱉었다. 눈을 치켜뜬다. 눈동자가 고정되어 빤히 본다. 지금까지와는 뭔가 다르다. 거친데도, 지독하게 차갑다. 저것은… 살기, 인가?

"전사인가? 네놈. 암흑기사가 아닌 건가?"

란타는 답하지 않는다. 진검승부 와중이다. 나불거리겠냐고. 사실 말하고 싶어도 말할 수 있을지 어떨지. 돌이라도 삼킨 것처럼 목소리가 나오지 않는다.

타카사기.

"의외로 재주 있는 놈이구나, 란타, 네놈은. 내가 몇 년만 가르치면 상당히 쓸 만해지겠어."

아저씨 놈.

—완전 무서워.

한순간이라도 눈을 뗐다가는, 아니, 잠깐 숨만 쉬어도 베일 것 같다. 과연 그런 일은 없겠지. 그렇게 생각했지만, 정말로? 절대로 베이지 않을 것이라고 단언할 수 있나? 모르겠다. 단언할 수 없다. 아무튼 조금 전까지의 타카사기와는 다른 사람 같다.

사람을 베는 자—라는 말이 란타의 머리를 스쳤다. 저것이 타카사기의 본성인 건가?

"나로서는, 그럴 생각이었다. 우리는 보는 바와 같이 좋은 의미로도 나쁜 의미로도 설렁설렁하는 면이 있어. 동료들 사이에서는 그야말로 스승과 제자 같은 관계는 기본적으로 있을 수 없다. 그걸로 좋다고 생각했지만, 나도 나이를 먹은 거겠지. 사람이라도 키워볼까 하고 바보 같은 생각을 했다. 네놈은 그런대로 경험도 쌓았고 지옥도 봤다. 근성이 있어. 재능보다 오히려 그쪽이 중요하기도 하지. 그야 천재라는 것은 그냥 내버려둬도 저 혼자 자라니까. 네놈은 평범하지만 소재로서는 나쁘지 않아. 나는 네놈에게 내가 아는 모든 것을 가르쳐주려고 생각했다. 좋은 심심풀이가 될 것 같았지. 유감이다."

란타는 고개를 저었다. —흔들리지 마.

타카사기가 무슨 말을 지껄이든 신경 써서는 안 된다. 무시하는 거다. 듣지 마.

무엇보다, 어째서 아저씨의 장광설을 허락하고 있는 건가? 놈은 쓸데없는 말을 하고 있다. 파고들 빈틈이 분명 있을 것이다. 없을 리가 없다. 그런데도.

란타는 한 걸음도 앞으로 나서지 못하는 정도가 아니라, 검을 든 손이 살짝 떨리기까지 했다. 어이, 조디. 어떻게 좀 해봐. 안 되나? 아까 밀려 넘어진 조디는 이미 일어났다. 그 장소에서라면 언제든지 치도로 타카사기에게 공격할 수 있는데도 미동도 하지 않는다.

뱀 앞의 개구리라는 건가?

아니… 나는 개구리 같은 게 아니야. 뱀 따위 먹어치워준다. 통째로 삼키겠다.

뛰쳐나가려고 했는데 타카사기에게 기선을 제압당했다. 우연이라고는 생각할 수 없다. 간파한 것 같은 타이밍이었다.

정신이 들고 보니 타카사기가 바로 앞에 있었다. 크다. 하나밖에 없는 눈을 까뒤집고 입술에 희미한 웃음을 띤 아저씨가 거인처럼 보였다. 란타는 안식검으로 몸을 지키려고 했다. 그렇긴 해도 의도해서 한 것이 아니다. 본능적인 방어 반응 같은 것이다. 그래도 란타는 검으로 타카사기의 검을 막아냈다. 어쩌면 타카사기는 일부러 란타의 검을 때린 건지도 모른다. 냅다 쳤다고 말해도 될 것이다. 혹은 마구 때렸다고 말해야 할까? 캉캉캉캉, 엄청난 소리가 났다. 타카사기의 검은 마치 거대한 바위 기둥 같았다. 란타의 검은 비명을 질렀다. 란타 본인도 비명을 지를 것 같았다. 눈을 감는 짓만은 하지 않았다. 그게 고작이었다. 봐라. 보는 거다. 눈을 뜨고, 보지 않으면, 죽는다. 죽임을 당한다. 똑똑히 봐봤자 죽을지도 모르지만.

"와하하하하핫…!" 타카사기가 웃었다. 뭐야? 이 소름 끼치는 생물은. 이 녀석, 인간이 아니야. 괴물이다. 란타는 그렇게 생각했다기보다, 느꼈다. 인간으로서의 리미터 같은 것이 풀렸다. 정상이 아니야. 이런 건 무리잖아. 이길 수 있다거나 이길 수 없다거나, 진다거나 지지 않는다거나, 그런 문제가 아니야. 마음이 꺾이기 직전이었다. ―하지만 나는 아직 살아 있잖아.

아직도 똑똑하게 기억한다. 뇌리에 각인되어 지울 수도 없다. 데드 헤드 감시 보루. 키퍼 오크. 그 거구에 걸친 것은 흉흉할 정도로 새빨간 갑옷과 투구. 투구에서 흘러나온 긴 머리카락은 검정과 금색. 무시무시한 곡도 두 자루. 이도류의 조란 젯슈. 그 렌지가 날려

갔는데도 파트너는 겁먹지 않고 참으로 베기를 내지르려고 했다. 조란은 클 뿐만이 아니라 빨랐다. 검을 내지르려던 파트너가 오히려 반격을 당했다. 처음에는 왼쪽 어깨. 그리고 오른팔. 왼팔. 오른쪽 옆구리. 왼쪽 측두부. 머리 꼭대기에도 맞았다. 마구 두들겨 맞아도 파트너는 서 있었다. 조란은 명백하게 동요했다. 왜 이 인간은 쓰러지지 않는 거지? 신기해서 견딜 수가 없었을 테고 기분도 나빴을 테지. 조란을 쓰러뜨릴 수 있었던 것은 파트너 덕분이다. 파트너가 힘이 다할 때까지, 아니, 힘이 다해도 그래도 계속 서 있었기 때문이다. —모구조.

네 덕분에 나는 버틸 수 있었다고, 굳이 소리 내어 말할 필요는 없어. 몸으로 보여줄게.

그러면 네가 살았던 증거가 되겠지?

타카사기의 검을 채 막지 못했다기보다, 더 이상은 도저히 막아낼 수가 없었다. 칼날의 이가 잔뜩 빠져버린 안식검이 날아갔다. 그러나 그때가 바로 천재일우이자 최후의 호기였다. 검이 란타의 손에서 떨어지고 타카사기가 다음의 일격으로 베어 죽이겠다는 듯이 검을 치켜든, 그 순간—.

"라면…!"

왜 그런 말이 나온 건가? 물론, 언젠가 개업할 예정인 라면 가게 모구조 & 란타가 관계된 거다. 즉, 그것은 희망이고 욕망이며 어떻게 해서든 살겠다는 의사 표명이다.

란타는 전심전력을 담은 이그저스트로 뒤로 뛰었다.

당연히 타카사기는 매달리듯 쫓아온다. 중년 주제에 빠르닷. 야수야? 아저씨. 뭐, 이미 고려한 사항이지만.

'이이이이이이이이이이이이이이이이이…!'

조디가 뒤에서 타카사기에게 덤벼들었다. 원래 조디는 치도 사정 거리 내에 타카사기를 포착하고 있었다. 란타가 압도당한 탓에 꼼 짝도 못하고 있었지만, 움직일 수 있게 되기만 하면 금방이라도 공 격할 수 있다. 타카사기는 대처해야만 했다. 그러지 않으면 치도에 싹둑 베인다.

과연 타카사기는 몸을 틀어 먼저 조디의 치도를 피했다. 게다가 사이를 두지 않고 곧바로, 팔도 같이 뻗어 나오는 것 같은 말도 안 되는 찌르기를 "으랍…!"하고 내지른다. 검은 조준을 실패한 조디의 가슴 한가운데를 관통했다.

'…사(死)…….'

조디는 어두운 보라색 김 같은 것으로 화해서 눈 깜짝할 사이에 안개처럼 흩어졌다.

"란타…!"

타카사기가 돌아서며 고함쳤다.

그 얼굴은 이제 보이지 않는다. 뭐랄까, 란타는 타카사기를 보지 않았다.

달린다.

정신없이 달린다.

죽을 수는 없다고도, 살고 싶다고도, 살아남겠다고도 생각하지 않는다. 몸도 마음도 달린다, 단지 그것에만 집중한다. 방향 같은 건 상관없다. 도망친다는 의식조차 없다. 란타는 오로지 달리고 또 달렸다. 일사불란하게 계속 달렸다.

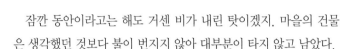

잠깐 동안이라고는 해도 거센 비가 내린 탓이겠지. 마을의 건물은 생각했던 것보다 불이 번지지 않아 대부분이 타지 않고 남았다.

다행히—라고 말해야 하겠지. 그 건물도 무사했다.

그녀는 거기에 있었다. 감옥으로 사용되던 건물의, 바닥이 깔리지 않은 흙바닥 통로에 그녀는 누워 있고, 어중간하게 쥔 오른손 주먹은 허리께에 있었다. 왼팔은 조금 바깥쪽으로 꺾이고 손바닥이 위를 향하고 있었다. 오른쪽 다리는 약간 안쪽으로 기울었고 왼쪽 다리는 거의 똑바로 뻗어 있었다. 잠자는 것처럼은 결코 보이지 않았다. 그녀는 지독하게 상처 입었다. 눈을 감은 그 얼굴에는 핏기 같은 것이 전혀 없었다.

적어도 그녀의 팔다리를 올바른 위치에 놓아주고 싶다. 하지만 올바른 위치라니? 믿고 있는 올바름은 이미 하루히로의 머릿속에서 사라져버렸다. 온갖 올바름이라는 것이 적어도 이 세계에는 존재하지 않는 것처럼 느껴진다. 모든 것이 다 잘못되고, 그러니까, 그 탓에, 이런 일이 일어났다. 상식적으로 생각하면 그렇다. 그게 맞을 것이다.

유메는 그녀 곁으로 걸어가더니, 미간에 주름을 잡고 입을 삐죽 내밀기도 하고 입술을 깨물기도 하면서 한동안 가만히 내려다보았다. 그리고 나서 털썩 주저앉았다.

시호루가 말없이 유메의 어깨를 안아주었다.

쿠자크는 건물에 들어가려고 하지 않고 "…왜"라거나 "아니야…"라고 중얼거리고 있다. 세토라와 회색 냐아 키이치도 바깥에 있다.

제시는 그녀의… 숨이 끊긴 그녀의 머리 바로 위쪽에 쪼그리고 앉아 제멋대로 수염이 자란 턱과 볼을 매만졌다.

우두커니 서 있는 하루히로의 그림자가, 그녀에게 드리웠다.

제시는 샤먼인지 뭔지를 가까이 불러 하루히로와 쿠자크, 유메를 치료하게 했다. 샤먼은 오크와도 인간과도 닮지 않았다. 낡고 금이 간, 무두질한 가죽 같은 피부를 한 남자로 제시는 그를 니바라고 불렀다. 니바를 데리고 감옥으로 가는 건가 했더니 제시는 그러지 않았다. 하루히로는 별로 놀라지는 않았다. 샤먼이든 신관이든 그 누구라도 단 하나밖에 없는 목숨을 잃은 자를 구할 수는 없다. 방법은 있다, 딱 한 가지—라고 제시는 말했다. 하루히로는 그런 말 따위 믿지 않았다. 믿을 수 있는 것은 하나도 없다. 매달릴 마음은 털끝만큼도 없는데도, 메리가 깨지 않는 잠에 빠진 장소까지 제시를 데리고 왔다.

"그렇군. 이건 죽었네."

제시는 퉁명스러운 말투로 할 필요도 없는 말을 했다. 그리고 고개를 들더니 하루히로를 보았다.

"만져도 될까?"

"안 돼." 유메가 즉답했다. 유메치고는 상당히 위압감이 있는, 약간 잠긴 낮은 목소리였다. "…뭐하는 거야? 메리는 유메네 동료니까. 함부로 만지지 마."

제시는 가볍게 어깻짓을 했다. "함부로 만지면 안 좋을 것 같다고 생각했으니까 허가를 구하는 건데."

"안 된다고 했잖아!"

"유메." 시호루가 유메를 끌어안고 제시를 노려보았다. "…무엇

때문에, 입니까? 당신이 하려는 일에, 뭔가 의미가 있는 건가요?"

"신선도를 확인하려고." 제시는, 아아 하고 쓴웃음을 지었다. "이 표현은 부적절한가? 너무 무례한가? 미안. 라운드어바웃… 빙빙 둘러말하는 표현은 그리 자신이 없거든. 즉, 시체의 손상이 너무 심하면 지장이 생겨. 여러 가지로 밑준비가 필요해지니까. 확인해 두고 싶어서."

"…무슨… 도대체, 무슨 준비를 한다는, 건가요…?"

"말 안 했나? 이 여성은 틀림없이 죽었지만, 소생시킬 방법이 딱 한 가지 있어. 물론 그걸 위한 준비지."

"소….' 유메는 눈을 크게 뜨고 메리의 죽은 얼굴과 제시의 얼굴을 번갈아 보았다. "소생이라니. …소생. 소생…? 메리, 되살아나는 거야?"

제시는 유메의 물음에는 답하지 않고 하루히로에게 시선을 향했다. "만져도 돼?"

하루히로는 시호루의 표정을 살폈다. 아니, 도움을 청한 것이다. 나는 아무것도 결정할 수 없어. 아무런 판단도 못해. 시호루가 끄덕여주지 않았다면 하루히로는 계속 아무 말 못하고 있었을 것이다.

하지만 제시는 하루히로의 대답을 기다리지 않고 메리의 목덜미에 손을 대고 누르기도 하고, 팔을 들기도 하고, 손가락을 구부려 보기도 했다. 마치 메리를 꼭두각시인형 같은 걸로 생각하고 관절의 가동 범위나 내구성을 조사하는 것 같다. 하루히로는 현기증이 났다. 그만해. 고함치고 제시를 발로 차서 날려버리고 싶다. 왜 그렇게 하지 않았던 건가? 아마도 그런 일을 할 자격이 자기에게는 없는 것처럼 느껴졌기 때문이다.

"상태는 나쁘지 않아." 제시는 메리의 몸에서 손을 뗐다. "당장 시작한다면 딱히 처치는 필요 없겠지. 남은 건, 어떻게 할지, 그거야."

"…어떻게 하냐니."

간신히 입을 벌리고 하루히로는 그 말밖에 할 수가 없었다.

"이 사람을 소생시킬지 아닐지." 제시는 일어서서 짧게 숨을 쉬었다. "내가 결정할 수도 없으니까. 너희에게 달렸다."

"우리… 가."

"그전에 약간 정도는 설명해두는 편이 좋겠지."

"…뭔가, 그… 조건?" 시호루가 물었다.

"조건이랄까." 제시는 한쪽 눈썹을 치켜 올리고 훗—하고 코웃음을 쳤다. "어떻게 되는지 알아두고 싶지?"

밖에서 귀를 기울이고 있었던 건가? 쿠자크가 건물로 들어와서 하루히로 옆에서 무릎을 꿇었다. 왜 정좌를 하는 거지? 커다란 몸을 바들바들 떨고 있다.

"…어… 어떻게, 되는 겁니까? 메리 씨."

"이제부터 내가 어떤 일을 하면 일단 이 사람은 되살아난다."

"웃…."

하루히로는 뭔가 말하려고 했으나 목소리가 나오지 않았다—고나 할까.

잠깐만.

기다려봐.

뭐야? 일단이라니?

일단. 너무나 불길한 단어 같다. 일단. 가슴이 아플 정도로 괴롭다. 머릿속이 뒤죽박죽이다.

"…뭔가, 리스크가?"

적절한 질문을 하는 것은 언제나 시호루다. 분명 지금 냉정함을 유지하고 있는 것은… 적어도 유지하려고 하는 것은 시호루뿐일 것이다.

"리스크." 제시는 앵무새처럼 되뇌고는 살짝 고개를 옆으로 기울였다. "리스크, 라. 그렇게 말 못할 것도 없겠네. 단, 이것만은 전달해두지. 나도 한 번 죽었다가 되살아났다. 게다가 같은 방법으로 되살아난 것은 나뿐만이 아니야. 실패할 가능성은… 뭐, 제로라고까지는 말하지 않겠지만 거의 없다고 생각해도 돼."

"당…." 쿠자크가 제시를 올려다보고 입을 쩍 벌렸다. "…신, 한 번, 죽…고, 어…? 죽었… 다가? 되살아났… 엉?"

"간단하게 말하자면, 한 번 죽었던 나처럼, 이 사람은 되살아난다. 리스크가 아니라 대가는 따르지만. 그도 그럴 것이, 이 사람은 나 대신에 되살아나는 셈이 되니까."

금방은 이해할 수 없었다. 제시가 뭐라고 말했지?

나 대신에 되살아난다?

대신에… 라는 것은, 즉… 어떻게 되는 거지?

메리는 죽어버렸다. 하지만 어떤 방법에 의해 되살아난다고 한다. 그래서? 제시는?

"…메리를, 되살리기 위해서는."

하루히로에게는 자기 목소리가 왠지 멀리서 나는 소리처럼 희미하게 들렸다.

"—당신이, 죽어야 한다…?"

"예스. 현상으로서는, 그런 뜻이다." 제시는 너무나 쉽사리 긍정했다.

"그것은…." 시호루는 고개를 숙였다. "…그, 그래도…."

유메가 시호루의 등을 문질러주는 것처럼 부드럽게 토닥였다. 아마도 무의식적인 동작이겠지. 유메는 손을 움직이면서 생각에 잠긴 것 같았다.

쿠자크가 "하핫…"하고 짧은 웃음소리를 냈다. 이제 뭐가 뭔지 몰라서 그만 웃어버린 것인지도 모른다.

"참고로, 그 점에 관해서 너희가 마음 쓸 일은 아니야."

제시의 말투는 어디까지나 담담했다. 명백하게 본인에 관한 일인데도 전혀 상관없다고 느끼는 것 같다.

"지난번에는 처음이어서 좀 무서웠지만, 경험해봤으니까 무슨 일이 일어나는지는 알고 있어. 우리 제시랜드도 괴멸적인 타격을 받아버렸고. 또 처음부터 다시 시작하는 건 귀찮아. 게임 오버라는 걸로 해도 돼."

"게, 게임 오버라니, 그런…." 쿠자크는 허리가 떴지만 다시 앉아 무릎에 두 손을 눌렀다. "…무책임하달까. 얀니 씨는…."

제시는 한숨을 쉬더니 딱 소리 나게 손가락을 튕겼다. "원래 자선 사업은 아니었으니까. 재미있으니까 한 거다. 재미없어지면 거기서 끝이야. 게임이란 건 그런 거지?"

이 남자는 이상하다.

한 번 죽은 적이 있고, 두 번째니까… 죽는다는 것이 어떤 일인지 알고 있으니까, 그게 어쨌다는 거냐고 말하는 건가? 죽는다는 사실에는 변함이 없다.

아니, 다르지?

제시는 과거에 죽었다. 그리고 본인의 말을 액면 그대로 믿자면, 누군가가 죽어 그 사람 대신에 되살아났다. 그때까지 제시는 백 스태브를 정통으로 맞아도 아무렇지 않은, 인간이라고는 생각할 수 없는 그런 생물은 아니었을 것이다. 제시는 인간이었다. 되살아남으로써, 변했다.

하루히로는 두 손으로 뒤통수를 눌렀다. 머리카락을 꽉 움켜잡았다. 죽었다가, 되살아나서 제시는 지금처럼 변했다…?

한 번 죽은 나처럼, 그녀는 되살아난다, 고 제시는 말하지 않았나?

그건―메리도 제시처럼 된다는 뜻 아닌가?

하루히로는 메리의 얼굴을 쳐다보았다. 죽기 전 보였던 웃음은 사라졌다. 이렇게 찬찬히 관찰하면, 솔직히 살아 있지 않다고밖에 말할 수 없는 표정이다. 애초에 표정이라는 것이 결여되어 있다. 생명 활동이 정지된 탓이다.

인정하고 싶지 않지만 거기에 있는 메리는 이미 물체일 뿐이다. 그런 식으로는 생각할 수 없고, 물건 취급하는 일 따위 가능할 리도 없지만, 그것이 사실이다. 거기에 있는 메리는, 메리였던 시체일 뿐이다.

제시가 말하는 방법인지 뭔지를 채택하지 않으면 메리는 지금 그대로가 아니라 메리였던 형태를 유지하는 것조차 불가능하다. 이 계절이다. 금방 부패는 시작된다. 머지않아 예의 노 라이프 킹의 저주가 작용해서 움직이기 시작하겠지.

빨리 매장하지 않으면 안 된다. 저주를 생각하면, 화장하는 것이 최선이다. 여기는 오르타나가 아니니까 화장터는 없다. 그들 손으로 태워야 한다. 메리가 불타는 모습을 이 눈으로 봐야 한다. 보고 싶지는 않다. 하지만 안 볼 수도 없겠지. 끝까지 지켜보지 않으면 분명 여한이 남는다. 마지막까지 지켜봐도 아마 후회할 거다. 어느 쪽이든 같다면 봐야 한다. 하루히로는 보겠지.

보고 싶지 않다.

상상하는 것만으로도… 아니야, 상상하려고 한 것만으로도 온몸의 세포라는 세포가 하나하나 다 짓눌려 산산이 부서질 것 같다. 뇌를 부지깽이로 찔러 휘저으면 혹시나 이런 심정일지도 모른다.

싫다.

메리.

싫어.

태우고 싶지 않아. 하지만 태우는 수밖에 없다. 그 이외의 선택지는—.

되살린다.

제시는 가능하다고 말한다. 자기가 죽고 대신에 메리를 되살려도 된다고. 그런 일이 있을 수 있는 건가?

부모자식 간이라거나, 연인이라거나, 상대방에게 뭔가 엄청난 빚이 있다거나 하면 그나마 이해 못 할 것도 없다. 하지만 그렇지 않다. 타당해 보이는 이유는 하나도 찾을 수 없는데도, 제시는 메리를 되살리기 위해 자기가 죽어도 좋다고 한다. 뭔가 속내가 있는 것 아닌가?

예를 들면, 실은 제시가, 죽어도 좋다, 오히려 죽는 게 낫다, 차라리 죽어버리고 싶다—고 생각하고 있었다거나. 되살아나는 일에는 어떠한 디메리트가 있어서, 제시는 건강해 보이지만 실은 그렇지 않다거나. 제시는 고통이나 불쾌감 같은 것을 느끼고 있고 그것을 메리에게 떠맡기려고 한다거나.

되살아나면 메리는 어떻게 되는 건가?

물론 하루히로로서는 되살아나길 바란다. 산 사람으로 메리가 돌아와준다면, 뭐든지 한다. 자기가 죽어도 상관없다. 그야말로 제시가 아니라 하루히로가 목숨을 바쳐도 좋다.

하지만 그 결과, 되살아난 메리가 잘된 거라고 생각할 수 없다면? 그렇게 된다면 이대로 죽는 편이 낫다. 메리가 그렇게 느낄 만한 뭔가로 변해버린다면?

"어디…."

제시는 두 팔을 벌리고 하루히로 일행을 죽 둘러보았다.

갑자기 하루히로는 의문을 품었다. 이 남자는 죽기 전부터 이랬던 건가? 혹시나 죽었다가 되살아날 때까지는 전혀 다른 인간이었을지도 몰라. 되살아난 탓에 이렇게 되었다. 메리도 마찬가지로. 되살아나면 이렇게 되는 것 아닐까…?

"어떻게 할래? 이 사람을 매장할래? 되살릴래? 가급적 빨리 결정해줘. 상태가 나빠지면 손이 많이 가기도 하지만, 지금 상황을 보니 분명 해가 지면 부르가 온다. 시간이 좀 걸리니까. 할 거면 그전에 끝내고 싶어."

"…부르?" 시호루가 중얼거렸다.

부르. 처음 듣는 말이 아니다. 분명히 제시가 얀니에게 말했었다. 의미는 전혀 몰랐지만, 부르 야카아—라고.

"부르는 시체를 먹는 늑대다."

제시가 아니라 입구 쪽에 있던 세토라가 대답했다. 묘하게 굴곡 없는 말투였다.

"늑대의 동료라고 하는데 고양이와도 닮았어. 시체를 먹는 것을 좋아하지만, 살아 있는 짐승—인간이나 오크를 습격하는 일도 있다. 자주 공격당하는 건 사냥감을 집으로 들고 가던 사냥꾼이다. 사냥감과 함께 사냥꾼도 부르에게 사냥당해 잡아먹힌다. 이렇게 많은 사망자가 생겼으니 부르가 냄새를 맡는 것도 이상할 것 없어."

"사우전드 밸리에 있는 놈은 작지?" 제시는 북쪽을 손가락으로 가리켰다. "쿠아론 산맥 동쪽에는 사우전드 밸리의 안개표범 같은 것보다도 훨씬 큰 부르가 있다. 곰 같은 놈이. 전부 다 태워버렸다면 어떨지 모르지만, 다행인지 불행인지 비가 왔으니까. 아마도 지금쯤은 독수리며 까마귀들이 모여들기 시작하지 않았을까? 그 뒤에는 부르다. 독수리나 까마귀 정도라면 쫓아버릴 수 있다고 쳐도 부르는 상당히 어려워서. 어쨌든 여기는 일단 버리는 수밖에 없어. 이미 얀니에게 그렇게 전달했다."

"…피난을 개시하고 있어?"

시호루가 묻자 제시는 "네, 그렇습니다"라고, 분명 일부러 이상한 억양으로 대답했다.

"그 뒤에 돌아와서 여기를 재건할지 다른 장소를 찾을지는 얀니 일행이 결정할 일이다. 나는 관여하지 않아. 흥미가 없어졌으니까. 하고 싶지 않은 일은 안 해. 이것은 죽기 전에 그렇게 정했고 실천했거든."

참고로—라고 제시는 덧붙였다.

"걱정할 테니까 말해두는데, 되살아나서 내 안의 뭔가가 극적으로 변했던 적은 없어. 믿을지 말지는 맡기겠다. 하지만 나는 원래부터 이런 성격이다. 되살아난 후에 죽기 힘들어지기는 했지만. 그건 뭐, 작지는 않은, 비교적 큰 변화인가? 단, 나쁜 일이 아니야. 어느쪽인가 하면, 편리하다."

"…자세히."

하루히로는 목을 눌렀다. 목소리, 팍 쉬었잖아. 하지만, 그렇다. 그거야. 그걸 말하고 싶었다. 왜 지금까지 말할 수 없었을까?

"자세히, 가르쳐줘. 구체적으로… 되살아나면, 어떻게 되는 건지. 무슨 일이 일어나고, 어떤 식으로… 아무튼, 모든 걸 다 알고 싶어. 판단하기 위해서. 왜냐하면, 잘 알지도 못하는데, 그런 일… 결정할 수 없잖아. 내… 내 일이 아니니까. 뭐랄까, 본인 승낙도 없이… 멋대로, 되살리는 거니까. 잘 생각하지 않으면. 생각할 근거가 없으면, 그러지 않으면, 도저히…."

"설명은 거부한다."

"엇."

"말할 수 있는 건 대충 말했다. 내 입으로는 말할 수 없는 일도 있거든. 너희도 바보는 아닐 테니 알지? 이건 보통이 아니야. 사람이 되살아나지 않는다는 것은 상식이고, 사실 그게 맞다. 이런 일은 우선 일어나지 않아. 이것은 특별한 사건이고, 특수한 사정이 있다. 단, 기적이 아니야. 마술처럼, 아무리 신기해도 분명히 트릭이 있어. 그 트릭을 밝힐 수는 없다. 못하는 이유가 있어. 그 이유도 말할 수 없다. 어떻게 할래? 내 제안을 받아들여 이 사람을 되살릴래? 아니면 매장할래? 슬슬 결정해줘. 나는 어느 쪽이든 상관없어."

하루히로는 천장을 우러러보았다.

구멍이 뚫려 있다. 하늘이 보였다. 하늘 따위, 맑고 쾌청하든 두꺼운 검은 구름이 뒤덮고 있든 상관없다. 하늘뿐만이 아니다. 적어도 지금은, 다른 어떤 일도 관심이 없다. 지금은. 지금뿐인 건가? 내일은, 모레는, 그 후에는… 시간이 지나는 동안 그러지 않게 될까? 이런 일도 있었지. 저런 일도 있었지. 그녀는 살아 있었지. 함께 시간을 보냈지. 그렇게 떠올릴 수 있게 되는 걸까?

"부탁해."

하루히로는 천장 구멍으로 하늘을 응시한 채로 그렇게 말했다.

"정말로 가능하다면, 메리를 되살려줬으면 해."

고약한 꿈이나 사기 같은 건 아닌가? 그런 의문을 아직 떨쳐버릴 수 없었다.

다음 순간 눈이 번쩍 뜨이며 잠에서 깨고, 그러면 나와 메리 둘뿐이고, 메리는 죽어 있다. 주위에는 아무도 없다. 어떻게 할 수도 없다. 메리는 그저 죽어 있다.

혹은 제시가 "미안하다"라고 반쯤 웃으면서 사과한다. "전부 거짓말이다. 미안했어. 장난 좀 친 것뿐이야. 사람을 되살리다니, 가능할 리가 없잖아?"

어느 쪽도 아니었다.

"그럼, 당장 착수할까."

뭘 하는 건가? 무엇이 시작되는 건가? 기묘하게도, 하루히로뿐만이 아니라 유메도, 쿠자크도, 아직 입구 주변에 있는 세토라도, 시호루조차 제시에게 묻지 않았다. 아무도 입을 열지 않았고, 제시가 "거치적거리니까 비켜"라고 하자 유메와 시호루는 아무 말도 하지 않고 물러섰고 쿠자크와 하루히로도 잠자코 뒷걸음질 쳤다.

제시는 나이프를 꺼내어 그 칼끝을 자기 왼쪽 손목에 댔다. 그리고, "혹시 얀나가 와도…"라고 말했다. "절대로 안에는 들여보내지 마. 어차피 몇 시간은 걸린다. 보지 말라고는 하지 않겠지만 계속 보고 있을 필요는 없어. 몇 명은 바깥에 나가 망을 보고 있어."

먼저 쿠자크가, 그리고 유메가 불안정한 발걸음으로 밖으로 나갔다. 유메는 멍한 표정이었고 쿠자크는 눈물짓고 있었다. 시호루는 남았다. 하루히로도 그 자리에 머물렀다.

제시는 메리 옆에 한쪽 무릎을 짚고, "역시 여기인가?"라고 중얼거렸다. 나이프로 왼쪽 손목을 그었다. 주저하는 기색은 조금도 없었다. 보아하니 상당히 깊게 베인 듯 피가 흐르는 정도가 아니라 솟구쳤다. 제시는 "Oops(이런)"하고 약간 당황한 것처럼 베인 부분을 메리의 어깻죽지에 대고 눌렀다. 거기에는 끔찍한 상처가 있었다. 귀렐라에게 물려, 메리가 목숨을 잃은 직접적인 원인이 된 건지도 모를 상처였다. 명백하게 제시는 자기 왼쪽 손목에 스스로 입힌 상처와 메리의 상처를 맞닿게 하려고 했다. 그런 일을 해서 뭐가 되는 건가? 짐작도 못하겠다. 꺼림칙했지만 하루히로는 말릴 수 없었다.

제시는 나이프를 버리고 오른손으로 왼쪽 손목을 잡았다. 고정하려고 하는 모양이다. 한 번 숨을 쉰다. 얼굴을 찡그렸다. "하루히로"라고 부른다.

"…웃…."

하루히로는 대답을 했다고 생각했지만 거의 목소리가 나오지 않았다.

"좀 거들어줄래?"

"…무엇, 을."

"누르고 있어야 하는데, 좀 더 떨어지지 않도록 하고 싶다. 그야 내가 이걸 하는 건 처음이니까 그다지 요령을 파악하지 못해서. 괜찮을 거라고는 생각하지만. 그런 말 있잖아. 신중에 신중을?"

반응한 것은 시호루였다. 시호루는 소지품 중에서 커다란 천을 꺼내더니 온몸을 떨면서, "…웃… 흡… 웃…"하고 끊일 듯 끊일 듯 숨을 쉬면서 그것을 제시의 왼쪽 손목과 메리의 목에 감고 묶었다. 하루히로는 아무것도 하지 않았다. 무엇 하나 할 수 없었다. 보고 있었던 것뿐이다.

시호루는 로브 자락에 손을 비비면서 돌아왔다.

"…미안."

하루히로는 작은 목소리로 사과했다. 시호루는 두 팔로 하루히로의 오른쪽 팔을 감싸 안는 것처럼 잡고 고개를 저었다. 시호루는 아직도 떨고 있다. 서 있기도 힘든 것 같았다. 시호루는 부축이 필요하다. 그 정도는 나도 할 수 있으니까 해줘야 하고, 해주는 게 마땅하다고 하루히로는 생각했다.

"…하루히로 군이, 말하지 않았다면."

아니었다.

그게 아니었다.

"내가… 메리를, 되살려달라고… 내가 부탁했을 거야. …그러니까, 혼자서 짊어지지 마. 유메도, 쿠자크 군도… 분명 같은 마음이니까."

"응."

하루히로는 끄덕였다. 시호루는 부축을 받으려는 것이 아니었다.

하루히로를 부축해주려고 하는 것이다.

당장이라도 쓰러질 것 같은 쪽은 하루히로였다.

"나…."

다음 말을 잇지 못하고 있자 시호루는 하루히로의 손을 꼭 잡았다.

후회만은 하지 않겠다고 맹세했다. 메리가 어떻게 생각할지는 모르고 괴롭게 만드는 건지도 모른다. 그래도 하루히로는 후회해서는 안 된다. 이 판단이 잘못이고 과오를 범한 것이라면, 그 책임은 하루히로가 진다. 메리에게서 원망을 들어도 할 수 없다. 원망해줘도 좋아. 하지만 이렇게 하는 수밖에 없었다. 다른 선택을 하는 건 도저히 무리였다. 설령 몇 번 그 장면이 반복된다 해도 하루히로는 결국 제시에게 애원하겠지. 사실은 망설이지조차 않았는지도 모른다. 메리가 되살아난다면, 당연히 그것을 바란다. 그러니까, 후회는 하지 않아.

하루히로는 시호루의 손을 맞잡았다. 이미 고동 소리는 들리지 않는다. 호흡이 괴롭지도 않다.

바깥이 왠지 소란스러워졌다. 꾸아. 꾸아. 꾸아. 깍. 깍깍. 꾸악. 꾸악. 꾸악. 저것은 새 울음소리일까? 천장의 구멍을 쳐다보았다. 하늘을 수많은 까만 점이 오가고 있었다. 역시 새인 모양이다.

제시는 오른쪽 무릎을 짚고 왼쪽 무릎을 세우고 있었다. 그러다 양쪽 무릎을 꿇는 자세가 되었다.

어깨가 천천히 오르내린다.

뭔가 중얼거리기 시작했다.

하루히로는 귀를 기울였지만 목소리가 너무 작아서 잘 들리지 않는다. 단지, 혼잣말이라기보다는 누군가에게 말을 거는 것 같다. 도대체 누구에게? 메리? 하지만 제시는 메리의 얼굴을 보고 있지 않다. 땅바닥에 시선을 떨구고 있다.

"젠장…!" 바깥에서 쿠자크가 고함쳤다.

그쪽을 보니 새들이 몰려들어 밑으로 내려오고 있다. 상당히 큰 새는 독수리고 비교적 작은 검은 새는 까마귀인 모양이다. 새들은 제시랜드의 주민이었던 구모와 귀렐라들의 시체에 몰려들고 싶은 모양이다. 쿠자크는 대검을 휘둘러 새를 쫓으려고 하는 것 같았지만 숫자가 너무 많으니 그래봤자 한이 없겠지. 유메도 때때로 칼을 휘둘렀지만 가까이에 다가오는 새만 위협하고 있다. 세토라와 키이치의 모습은 보이지 않는다. 어딘가로 간 건가?

"시호루."

"…응. 뭐?"

"앉지그래?"

"나는… 괜찮아."

"그런가."

"…하루히로 군이야말로, 괜찮아?"

몰라, 라고 말할 뻔하다가 도로 삼켰다.

"괜찮아. 나도."

"…그래."

"응."

제시가 양쪽 무릎뿐만이 아니라 오른쪽 팔꿈치까지 땅을 짚었다. 저 남자는 전혀 괜찮지 않은 것 같다고 생각했지만, 말을 걸 마음은 들지 않았다.

제시 대신에 메리가 되살아난다. 어떤 일인지 다시금 생각하게 되었다. 하루히로는 고개를 흔든다. 그만두자. 생각해봤자, 어차피 모른다. 게다가 이미 늦었다. 아니, 아직 끝나지 않은 것 같으니까 이미 늦은 건 아니겠지. 하지만 이제 와서 제시를 말릴 생각은 없다. 어쨌든 메리는 되살아난다. 또다시 메리를 볼 수 있다. 그걸로 좋은 것 아닐까? 좋지는 않을지도 모르지만, 괜찮다.

천장의 구멍 가장자리에 까마귀가 앉아 깍깍 울기 시작했다. 귀에 거슬려서 쫓아버리고 싶었지만, 점프해서 스틸레토를 휘둘러도 닿을 높이가 아니다. 시호루에게 부탁할까? 다크로. 그렇게까지 할 필요는 없겠지. 아직까지는 구멍을 통해 안으로 들어올 기색은 없으니 내버려두면 된다.

제시는 마침내 이마를 땅바닥에 댔다. 목소리는 이제 들리지 않는다. 등이 천천히, 살짝 움직였다. 죽지는 않은 모양이다.

하지만 묘하다. 백 스태브를 맞아도 제시는 아무렇지 않았다. 치료를 한 것도 아닌데도 상처는 나아버렸다고 한다. 그럼 아까 그 상처는?

그때 하루히로의 스틸레토는 확실히 제시의 신장을 관통했었다. 치명상이었다. 그것도 나아버렸는데, 손목의 동맥을 그은 정도로 이렇게 되는 건가?

이상하다.

깍, 깍, 깍. 꾸악, 꾸악, 꾸악. 까악, 까악, 까악, 까악.

새들이 울고 있다. 방금 전까지보다 훨씬 숫자가 늘었다. 너댓 마리는 아니다. 열 마리 이상 족히 된다.

"…작… 아, 졌…?" 시호루가 말했다.

오한이 들었다.

눈의 착각인 건가? 그렇게 생각될 뿐인 건가?

제시는 근육이 울퉁불퉁한 체형은 아니었고 키도 특별히 큰 것은 아니었다. 그렇다 해도, 몸의 크기가. 몸을 움츠리고 있는 탓인가? 그렇게는 생각할 수 없다. 명백하게, 작다. 제시는 작아졌다. 부피가 줄었다고나 할까.

하루히로는 눈을 부릅떴다. 안 된다. 여기에서는 잘 보이지 않는다.

시호루가 팔을 놔주었다.

하루히로는 제시의 옆얼굴이 보이는 위치까지 이동했다. 의식해서 그런 것은 아니지만, 자연히 스니킹(미행)으로 움직이게 된다.

뺨이 극단적으로 쑥 파였고 눈은 유난히 움푹 들어갔다. 제시는 여위었다. 혹은 말라비틀어졌다는 표현 쪽이 적절한지도 모르겠다. 얼굴뿐만이 아니었다. 전체적으로 두께가 얇아졌다. 쓰러진 상체도, 굽힌 두 다리도, 희한하게 얇다. 제시의 팔이 저렇게 가늘지는 않았다. 마치 나무막대기 같잖아.

깍, 까악, 까악.

꾸악, 꾸악, 꾸악.

까악, 꾸악, 깍, 깍, 까악.

새들이 요란하게 울어댄다.

제시는 서서히 서서히 쪼그라들었다.

이게 무슨 일이람.

어째서 지금까지 기이하게 생각하지 않았던 건가?

제시는 손목의 동맥을 끊었다. 설령 그 상처가 치료되었다고 해도 단시간에 상당한 양의 피를 흘렸을 것이다. 상처를 메리의 상처에 대고 저런 천으로 묶어봤자 별반 의미는 없다. 천은 순식간에 피로 흠뻑 물들고 피바다가 넓게 퍼져야 한다. 그런데 그렇게 되지 않았다.

제시는 계속 줄어든다. 마치 피 주머니였던 것 같다. 바깥쪽 가죽이 제시라는 인간의 형태를 만들었고 그 안을 혈액이 채웠었다. 그리고 피가 빠져나가면 가죽만 남는 것이다. 하지만 그런 일은 물론 있을 수 없다. 골격이나 근육이나 내장이 없으면, 일어서서 걷지도 못하고 숨조차 쉴 수 없어야 한다.

"…무슨…."

시호루는 손으로 입을 가렸다.

제시는 이제 거의 납작해졌다.

도대체 뭐야? 이거.

깍, 깍, 깍, 깍, 깍, 깍, 깍, 깍, 깍, 깍, 깍, 깍.

까마귀들이 요란하게 울고 있다.

하루히로는 구역질이 났다. 돌이킬 수는 없다. 그것은 알고 있다. 정말로? 아니, 그렇지는 않아. 지금이라면 분명 되돌릴 수 있다. 그러는 편이 좋을지도 모른다고 진심으로 생각했다. 단, 가죽 주머니 같은 제시를 메리에게서 떼어내면 가능성이 완전히 사라진다. 두 번 다시 메리를 만날 수는 없다.

그래도 괜찮은 건가?

6. 멋있는 척해

갑자기 기침이 나왔다. 혹시나 병일까? 뭔가 위험한 병이라거나. 아닌가? 아니겠지. 그냥 기침이다. 별것 아닌 기침. 별것 기침. 별기침. —그게 뭐야? 쓸데없는 생각을 하지 말라고, 멍청한 나.

왠지 너무나 신경이 쓰여서 오른쪽으로, 왼쪽으로 시선을 향한다.

눈을 비볐다. 그렇게 해봤자 잘 보이게 되지는 않는다.

"—꽤 어둡네…."

올려다본 나무들 사이로 엿보이는 하늘의 색을 보니 아직 해는 지지 않은 것 같다. 그런데도 벌써 사우전드 밸리의 깊은 숲은 어둠에 갇혀가고 있었다.

무섭지는 않아. —아니. 몇 번이나 혼자만의 밤을 겪어도 솔직히 불안감이나 공포를 떨쳐버릴 수는 없다. 허세를 부려봤자 별수 없지. 누가 보는 것도 아니고. 허풍을 떨어봤자 의미가 없다.

'끼히….'

뒤에 있는 데이몬 조디악이 슬그머니 웃었다. 예전이었다면 한마디 했겠지만, 지금은 별로 화가 나지 않는다. 데이몬은 마치 인격을 갖춘 다른 사람처럼 행동한다. 하지만 그것은 결코 사실이 아니다. 데이몬의 언동에는 스컬헬의 계시가 반영되는 일이 있다고 한다. 하지만 기본적으로는 암흑기사를 비추는 거울이자 분신이다. 암흑기사 본인과 동떨어진 것처럼 보인다고 해도 그것은 숨겨진 내면이나 본인도 깨닫지 못한 부분이 표출되는 것에 불과하다.

'이히히… 넘어져라… 지금, 넘어져라… 거기에서 고꾸라져라…

고꾸라져 뒈져라….'

"아니, 하지만 나, 나 자신에 대해서 그런 생각은 하지 않는데? 생각할 리가 없잖아?"

'………'

"묵비권인가?"

'……………'

"꺼져, 이제. 꺼져버려. 아니, 거짓말입니다. 거짓말이라고. 꺼지지 마?"

'…어떻게… 할까… 끼히….'

"커맨드(명령). 사라지지 마."

'……핏…….'

"도대체 뭐야? 그 불길한 느낌으로 혀를 차는 건…."

조디악은 불만스러운 것 같았으나 멋대로 사라지지는 않았다. 전에 오르타나의 암흑기사 길드에서 로드(도사)가 데이몬 사역법을 실제로 보여주었을 때 '커맨드(명령)'라고 말하는 것을 들은 듯한 기억이 희미하게나마 있다. 시험해봤더니 효과가 있는 것 같아서 아까부터 가끔씩 쓰고 있다.

데이몬은 어디까지나 암흑기사에 종속되는 것이다. 데이몬이 거역하려고 한다면 그것은 바로 자기 자신을 컨트롤할 수 없게 되었다는 말이 되겠지. 나아가서는, 자신을 이해할 수 없다는 뜻이다.

그야 자기 자신이니까 자기를 모른다는 건 있을 수 없다. 당연하지만, 나는 나를 완전히 파악하고 있다. 내가 내 뜻대로 되지 않는다—따위의 일은 일어날 리 없다. 딱히 의문을 품지 않고 그렇게 생각했던 것 같다. 그것이야말로 나는 나 자신조차도 전혀 모르고 있었다는 사실을 증명하는 것이겠지. 깊게 생각해보지 않았다. 아마도 생각하고 싶지 않았던 것이다.

나는 나다. 여기에 있는 내가 순도 백 퍼센트인 나 님이다. 그걸로 좋은 거지?

—뭐가 순도 백 퍼센트야? 뭐가 나 님이냐고. 도대체 뭘 잘난 척하는 거야? 뭐냐고? 대답할 수 있을 리가 없지. 왜냐하면 나에 관해서 잘 몰랐었으니까. 보이지 않았었으니까.

나는 지금까지 뭘 본 거지? 자신조차도 보이지 않았던 거라면, 타인은 어떤가? 예를 들면 하루히로 일행을 정당하게 평가했었나? 내 기분에 따라 내 방식으로 왜곡해서 본 것이 아닌가?

그것도 포함해서 전부 나—라는 것이겠지만. 나는 그런 인간인 것이다. 자기 위주고, 제멋대로고, 학습 능력이 없다. 왜 이렇게 된 거지?

결국은 타인에게 기대하지 않는 건지도 모른다. 너희들, 어차피 나 같은 건 좋아하지 않지? 나는 잘 알고 있다고. 나를 좋아하게 된다거나 그러지 않을 거지?

유메에게서도 시호루에게서도 메리에게서도 미움을 받았었다. 입으로는 싫다고 해도 그게 결국은 관심이라거나, 사실은 좋아하는 것 아닐까—라거나, 진심으로 그렇게 생각한 적은 한 번도 없다. 호감받고 싶다고 바란 적도 없고, 받으려고 한 적도 없다.

쿠자크에게서도 호감을 얻지 못했다. 사실 꽤 미움을 받았다. 녀석은 후배니까 다소 참고 있었겠지만, 그렇지 않았다면 더욱 반발했겠지.

마나토와는 아주 짧은 기간 함께했지만, 날 잘 다뤘다—는 듯한 인상이 남아 있다. 녀석은 머리가 좋은 놈이었다. 분명 호불호로 판단을 그르치는 것은 어리석다고 생각하고 감정을 억제하는 일에 익숙하다. 그런 타입이다. 나로서도 편했다.

모구조는 신기한 녀석이었다. 아니, 신기한 것도 뭣도 아니다. 단지 그런 녀석은 좀처럼 없으니까 신기하게 느껴지는 것뿐이다.

그 녀석은 착한 남자였다. 정말로 좋은 놈이었다. 자기보다도 남을 우선시하고, 절대로 나서지 않고, 아무튼 뭐든 열심이었다. 동료를 위해 한계를 가볍게 뛰어넘은 끝에, 그 녀석은 죽어버렸다. 데드헤드 감시 보루의 조란 젯슈전. 모구조가 없었으면 렌지네와 와일드엔젤의 카지코네도 위험했다. 적어도 몇 명은 반격을 당해 죽었겠지. 어쩌면 그 자리에 있던 의용병들은 전멸했을지도 모른다. 모구조는 분명 그것을 알고 있었다. 자기가 하는 수밖에 없다고. 자신이 여기에서 버티지 않으면 모두 죽는다고. 모두를 위해서, 목숨을 버렸다. 그런 녀석이었다. 모구조에게서는 미움받지 않았다고 생각한다. 이것은 진심으로 그렇게 믿는다. 미움을 받아도 어쩔 수 없을 짓을 많이 했지만, 그 녀석은 함께 싸우는 동료를 미워하거나 하지 않는다.

그리고 하루히로.

녀석에게서도 당연히 미움을 받았다. 녀석은 골칫덩어리 암흑기사를 벌레 보듯 싫어했다. 이렇게 표현해도 결코 과장은 아니겠지. 그 녀석도 용케 참았어. 감탄을 넘어서 어이가 없다. 바보 아니야? 그보다, 마조지. 그 녀석. 왕 M이잖아.

일부러 하루히로를 난처하게 만드는 짓만 했었다—고는 생각하지 않는다. 그럴 의도는 아니었지만, 무슨 일이건 그 녀석이 하기 쉽도록 배려한 적은 없다. 네가 나에게 맞춰. 내가 하기 쉽도록. 네가 확실하게 순서를 정해서 제대로 환경을 정비해. 이 나 님이 기분 좋게 힘을 발휘할 수 있도록 해. 너는 리더잖아. 리더라면 그게 당연해. 리더라는 것은 그 때문에 있는 거니까. 조정력이라고 하나? 그런 비슷한 거. 그게 전부잖아.

뭐, 파루피로, 하기야 너도 그렇잖아? 힘들긴 힘들겠지만, 그런 거잖아? 누구나 편하지는 않고. 리더 같은 역할을 떠맡은 건 운이 다한 거라는 뜻이라고. 체념해. 힘내라. 나는 알 바 아니지만. 나는 네가 아니고. 아무도 나는 될 수 없고. 너 이외에는 네가 될 수 없는 거고. 사람은 모두 혼자잖아?

―나라는 놈은, 남한테 기대하지 않는다고 말하면서 실은 이것도 저것도 전부 쉽게 내팽개치고 갈수록 응석만 부렸던 건가?

"반성… 따위 이제 와서 해봤자 어떻게 되는 것도 아닌가."

'…이히… 히히히… 반성도 못하는 원숭이 이하 하등 생물… 히히히….'

고개를 돌려 조디악을 노려본다. 여전히 뒤집어쓰고 있네, 젠장. 보라색 시트 같은 것을 머리부터 뒤집어쓰고 자빠졌다. 두 개의 눈은 마치 뚫린 구멍 같고, 그 밑의 입은 찢어진 균열 같다. 오른손에는 식칼, 왼손에는 곤봉. 둥둥 떠 있는 주제에 진짜 같은 다리 두 개가 분명히 있다.

"그보다, 조디악 개칭 조디가 된 것 아니었냐…?"

'끼히… 공물도 바치지 않은 망할 놈이… 건방지게 굴지 마… 얌전히 영원히 죽어라….'

"커맨드. 죽으라는 말 하지 마."

'…돌아가셔라.'

"정중하게 말한다고 다 되는 게 아니라고."

'…살해당해라.'

"수동태로 말해도 마찬가지야."

'…자유를 사랑했던 그 무렵의 너는 영영 어디로 가버린 거냐… 란타….'

"자유에는 책임이 따르는 거야. 그리고 자연스럽게 영영 가버린 다는 말을 은근슬쩍 끼워 넣지 마."

'…쿠… 쿠히히… 책임, 이라… 너에게 가장 어울리지 않는 말이 다….'

"지금 그야말로 자기 행동에 책임을 져서 이렇게 된 건데?"

'…후회하는 건가, 란타… 망할, 건방지게도… 이히히….'

"아니야. 후회는 하지 않아."

'…허세맨 놈… 끼히히….'

"진짜로 허세 같은 게 아니야. 아마도 이렇게 되어보지 않았으면 깨닫지 못했을 일이 엄청 많으니까. 이걸로 잘된 거라고까지는 생 각하지 않지만, 납득은 하고 있어. 나는 앞으로 어떻게 되어도 후회 만은 하지 않아."

'…히….'

"좀 지나치게 멋있나?"

'…우웨에에에에에에에에에에에엑.'

"구역질이 나는 거야?!"

과연 내 데이몬이다. 언제 어떠한 때도 유머를 잊지 않는다. 유 머는 남자의 기본 매너. 유머가 초래하는 여유. 여자는 언제나 절박

한 남자보다 여유 있는 남자한테 끌린다. 여자 같은 건 어디에도 없지만?

쉴까? 아니면 계속 걸어가볼까?

몇 십 분마다 망설인다. 몇 십 분? 좀 더 자주인가? 혹시 몇 분꼴인가? 시간을 모르니까 뭐라고도 말할 수 없다.

밤이 다가오자 숲은 떠들썩해진다. 한낮에도 조용하지는 않지만 밤의 소란스러움은 또 다르다. 어두워서 시각이 제 기능을 못하기 때문에 그만큼 청각이 예민해지는 것이겠지. 어떤 소리에도 민감해진다. 거의 소리에만 의존한다.

"…지껄이지 않는 게 좋은가? 어이, 조디악아. 커맨드. 왠지 위험한 예감이 들 때 말고는 입 다물고 있어."

조디악의 입을 막자 끊임없는 숲의 소리가 한층 더 귀에 들어왔다. 소리. 소리. 여러 가지 소리의 방류에 휘둘려서는 안 된다. 구분해라. 극히 어렵지만. 하는 수밖에 없다. 가까이에서 들리는 소리는? 내 발소리. 벌레 소리. 그 정도인가? 저, 후잇, 후잇, 후잇, 후잇—이라는 느낌의 높은 소리는 뭐가 우는 소리인가? 모르겠다. 까악, 까악, 까악, 깍깍깍깍깍 하는 느낌의 저 소리는? 알 리가 없다고 했잖아. 나는 밤의 숲 박사 같은 게 아니니까.

짜증 나네. 확실히 나는 암흑기사이지 밤의 숲 박사는 아니다. 무엇보다 밤의 숲 박사는 뭐냐고? 아니, 하지만, 그럴 필요가 있다면 밤의 숲 박사든 뭐든 되는 거다. 되어야만 한다. —그렇지도 않은가? 어떤 거지?

역시 이렇게까지 캄캄하면 걸어가는 것은 무모한 것 아닌가? 한계지? 명백하게 위험하고. 쉴까? 자고 일어나면 아침이 되겠지. 뭐,

자는 동안에 무슨 일이 생긴다 해도 그때는 그때고. 아저씨도 지금쯤은 쉬고 있겠지? 무엇보다 아직도 쫓아오고 있는 건지? 아저씨의 목적은 나를 데리고 돌아가는 일이었던 거고. 나한테 그럴 의사는 없는 거고. 그럼 이제 됐다고 생각해서 돌아가지 않았을까? 그렇다면 서두를 필요는 없는 거고. 느긋하게 안전제일로 가면 된다.

─안 되겠어.

무서워.

무지하게 무서워!

너무 무서운데요?! 심장이 두두두두두두두두두두두둣 하고! 지금까지 없던 공포감이! 왜?!

"…그런, 가."

지금까지는 쫓기는 몸이었다. 물론 붙잡히지 않으려고 생각했고 추적자의 기척을 느끼면 두려웠다. 하지만 상대는 타카사기 일행이다. 두말없이 죽임당하는 일은 우선 없겠지. 그런 예측을 했었고, 사실 그랬다. 그리고 타카사기 일행에게 쫓기는 한은, 란타는 어떤 의미에서는 혼자가 아니었다. 적어도, 진짜 정말로, 어쩔 수도 없이 나는 혼자다─라는 느낌은 없었다.

이 드넓은, 분명 위험투성이인 사우전드 밸리 숲에서 자기가 어느 방향으로 가는 건지조차 모른다.

무엇보다 나는 어디로 가서 뭘 하려는 건가?

그냥 오르타나에 돌아갈까─정도는 생각하고 있다. 오르타나에서 뭘 한다는 구체적인 아이디어는 없다. 막연하게, 만약 렌지를 만난다면 그쪽 파티에 넣어주지 않을까나─라고는 생각한다. 한 번 거절했었으니까. 무리일까?

돌아갈 수 있을까? 오르타나에.

이 상황에서 아무런 근거도 없이, 갈 수 있겠지―라고 단언해버리릴 정도로 바보는 아니다.

이것이, 고독.

불순물 없는 퓨어한 천애고독이라는 건가?

쉬고 싶다. 체력을 회복시키기 위해서, 가급적 리스크를 피하기 위해서도 쉬는 게 좋다. 굳이 잠을 자지 않아도 된다. 누워 있는 것뿐, 뭣하면 앉아 있는 것만이라도 좋다. 머리로는 알고 있다.

하지만 쉴 수가 없다.

멈추면 아마도 머리가 이상해질 거다. 최소한, 우선 울겠지. 뭐랄까, 언제부터인지 란타는 눈물이 맺혀 있었다. 창피하지만 오열하기도 했다. 아니, 수치심을 느낄 여유 따위 없었다.

데이몬은 연속으로 30분 정도밖에 실체화해 있을 수 없다. 정신이 들고 보니 조디악이 사라져서 소리를 지르고 싶어졌다. 사라질 거면 말을 하라고. 말하고 나서 사라져. 훌쩍거리면서 서둘러 다시금 데이몬 콜을 했다. 조디악은 란타의 명령을 지켜 쓸데없는 말을 하지 않았다. 그야 자기가 명령했기 때문에 불평을 할 수는 없다. 명령을 취소하면 지는 거다. 아니, 진다거나 그런 문제가 아니다. 조디악과 콩트 비슷한 실랑이를 하고 있으면 그건 뭐 그런대로 신경이 딴 데 가니까 마음은 풀리지만, 어떤 의미에서는 둘이 주고받아야 할 개그 토크를 혼자서 반복하는 것이기도 하고, 허망하다고하면 허망하다. 아니, 아니. 문제는 그게 아니라, 좀 더 뭐랄까, 실제적인… 애초에 왜 조디악에게 말하지 말라고 명령했었더라? 왜인지 잘 기억나지 않지만, 남자한테 두말은 없는 것이고. 이제 와서 외롭고 무서우니까 재미있는 토크 한두 개쯤 해주세요—라고 부탁하는 것도 자존심이 허락하지 않는다. 그렇다. 상대방이 부탁하면 할 수 없네—라며 인정해줄 수도 있지만, 내 쪽에서 고개를 숙인다는 건 있어서는 안 될 일이다. 무엇보다 데이몬은 나 자신 같은 것이라서, 부탁한다거나 하지 않겠다거나 그런 것도 이상한 것이고… 그러니까 결국 조디악 쪽에서 나 님의 마음을 헤아려서 개그를 한 방 터뜨려줘도 되지 않아? 어때? 그 점은? 응? 어떻습니까? 물어보고 있는데. 아니, 묻지 않았나? 묻지 않았네. 물어보지 않아도 그건 알아차려라. 알아차려줘. 왜 알아차려주지 않는 걸까? 슬프다. 야속해. 진짜로 진짜 환장하게 야속해….

아주 약간 밝아져서 나무들과 지형의 윤곽을 파악하기가 쉬워졌다. 그 무렵에는 벌써 하룻밤 사이에 스물이나 서른쯤 나이를 먹은 것 아닐까 싶을 정도로 심신이 다 피폐해졌다.

"…무사했다… 는 건가…?"

아니. 그렇게 판단하기에는 이르다. 아직 날이 밝지조차 않은 것이다.

앞으로 한숨.

조금만 더.

—조금만 더 힘내면, 뭐야? 어떻게 된다는 거야?

설령 아침이 온다고 해서 안전해질 거라는 보장은 없다. 언제가 되면 쉴 수가 있는 걸까?

언제든지.

어떻게 되어도 좋다는 각오만 있으면 언제 어떤 식으로 쉬어도 된다.

각오뿐이다. 포기한다는 뜻도 된다. 아니, 배 째라다. 이렇게까지 했다. 한계. 한계다. 걸음을 옮기는 것이 고통스러워 견딜 수가 없다. 단 한 걸음이 이렇게까지 힘들 줄이야. 쉬는 게 좋다. 그러지 않으면 쓰러진다. 쉬는 수밖에 없다.

각오를 하고, 쉬어라. 분명 괜찮을 거야. 걱정하는 그런 일은 분명 일어나지 않아. 당장 한숨 자고 개운해지면 또 팔팔하게 움직일 수 있다.

발을 멈췄다.

"…영차…."

입에서 나온 목소리도 약하다. ─이거 봐? 쉬는 수밖에 없다니까. 이젠.

땅바닥에 앉으려고 했다.

'히… 란란….'

"…응?"

부르는 소리에 돌아본다. 란란이 뭐야? 란란이. 그런 딴지를 걸 때가 아니다.

조디악이 방향을 틀려고 한다.

란타는 반사적으로 이그저스트로 뛰었다. 그 직후라기보다, 그것과 거의 동시에, 조디악이 뭔가에 깔렸다. 그 뭔가는 보아하니 근처의─란타와 조디악 뒤에 있는 덤불에서 뛰어나와서 조디악을 습격한 모양이다. 조디악이 저항하기도 전에 뚫린 구멍 같은 눈 주변이 물려서 찢어졌다. 치명적인 손상을 입으면 데이몬은 모래성처럼 어이없게 무너져버린다. 습격자는 맥이 빠졌을지도 모른다. 하지만 곧바로 낮은 자세로 이쪽으로 달려온다. 뭐야? 저것.

짐승인가? 검다. 아니, 얼룩무늬인가? 늑대인가? 아니, 고양이? 표범이나 그런 건가?

위험해. 빠르다.

검이 없다. 타카사기와 싸울 때 잃어버렸다. 안 좋은 정도가 아니잖아. 란타는 또다시 이그저스트로 점프해 물러나면서 예비용 나이프를 뽑았지만, 이런 물건으로 어쩌겠다는 거야?

다시 이그저스트.

안 된다. 떼어놓을 수가 없어. 떼어놓기는커녕 점점 다가온다. 인간이나 오크와는 격이 달라. 너무 빠르다. 무리다. 도망칠 수 없다.

란타는 완전히 당황해서 허둥거렸다. 그 탓이겠지.

"—크앗…?!"

나무다. 등을 나무에 부딪쳐버렸다. 무슨 실수람.

놈이 온다. 표범. 아마도 표범이다. 고오오오옹 하고 짖으며 덤벼든다.

깔렸다. 엄청난 압박감이었다. 바닥에 짓눌렸다. 팔을 움직일 수가 없다. 란타는 투구를 쓰고 있었다. 그 가동식 바이저가 날아갔다. 씹어서 벗겨낸 것 같았다.

"오오오오오오오…?!"

다음은 위험하다. 안면을 물린다. 란타는 반사적으로 고개를 치켜들었다. 표범은 란타의 얼굴이 아니라 머리를 덥석 물었다.

"오오오, 오오오오, 오오오오오오…?!"

갉작갉작 깨문다. 투구가. 그렇다. 투구다. 투구가 간신히 표범의 이빨을 막고 있다.

아니…?

"―아얏?!"

아픈데?

아픈데, 이거?

"오오오오오, 오오오오오오오, 우오오오오오오오오…?!"

투구가. 엄청난 턱 힘이다. 이빨이 아마도 투구를 관통했다. 이빨이 란타의 머리에 박혔다. 아직 깊숙이, 까지는 아닐지도 모르지만, 아프니까 박힌 것은 틀림없다. 그리고, 투구가 찌그러질 것 같다고나 할까, 이미 찌그러지고 있고, 목뼈가 부러질 것 같다. 죽는다. 죽겠지. 이건. 잡아먹힌다.

"마마마마맛없어, 맛없다고 나는 잠깐 잠깐 잠깐 먹지 먹지 먹지 먹지 맛! 먹지 말라고오오오오오오아아아아아소소소소소아아아아아아아아아아아아아아아…?!"

침착해. 이런 때일수록 침착하게. 침을 착하게. 침이 착해서 뭐해? 그게 아니라, 그거다.

"앗, 아아아아아앗… 암흑이여, 악덕의 주여, 드레드 테러(암흑 공포)…!"

보라색 연기 같은 것이 솟아나 표범의 입이며 코로 빨려 들어갔다. 효과는 역력했다.

표범이 란타에게서 떨어진다.

란타는 곧바로 몸을 옆으로 굴려 팔로 바닥을 짚었다. 리프아웃으로, 뛴다.

도망치면서 돌아보고 표범의 상황을 살핀다. 표범은 꺄오 꺄웅 하고 고양이처럼 외치면서 펄쩍펄쩍 뛰었다. 자기 눈앞에 뭔가 무서운 것이 있고 그것을 앞발로 떨쳐내려고 정신이 없다. 그렇게도 보인다. 암흑신 스컬헬의 위협에 의해 표적을 공포에 떨게 만들어 정상적인 판단력을 빼앗는다. 드레드 테러가 효과를 발휘한 것이다. 이틈에 도망칠 수 있으면 좋겠지만, 그렇게 뜻대로 일이 풀리지는 않겠지.

표범이 삐야아아아아아아아 하고 포효하고는 이쪽으로 몸을 틀었다. 온다. 눈 깜짝할 사이에 톱 스피드로 쫓아온다.

혹시나, 이것은… 죽어버리는 느낌의 흐름인지도?

암흑마법을 사용하려면 멈춰야 한다. 멈추면 순식간에 따라잡혀 다시 깔린다. 반격하는 것은 무리다. 저 표범은 란타보다 훨씬 크다. 이런 나이프 하나로는 승산이 없겠지. 표범은 아마도 지구력이 없을 테니까 계속 도망칠 수 있다면 체력이 떨어지는 것을 노릴 수 있겠지만, 빠르다고. 표범. 너무 빨라. 머지않아 따라잡힌다. 이렇게 되면.

표범에게 란타는 사냥감이다. 먹으려고 할 것이다. 배가 고픈 상태다. 먹고 싶은 것이다. 그렇다면 먹게 해주면 된다. 그렇다. 팔 하나 정도는 던져주지.

좋았어, 결정했다. 살기 위해서다. 이 정도는 싸게 먹히는 거지. 별것 아니야. 나는 살 거다. 살아남는다. 배짱을 갖고, 머리는 쿨하게, 어떻게 하면 살아남을 수 있을지 집중해서 취사선택을 해낸다. 해내겠다고. 할 수 있다. 믿어라.

"―웃…!"

일단 급히 정지한다. 표범은 이미 바로 앞까지 와 있다. 코앞이라고 해도 될 것이다.

미싱.

오른쪽으로 가는 척하면서 왼쪽으로.

표범은 전혀 현혹되지 않고 쫓아온다. 진짜야? 야생의 감각, 장난 아닌데.

다시 한 번 미싱. 이번에도 오른쪽인 척하다가 왼쪽으로. ―버텨줘, 내 다리.

표범이 아주 약간 오른쪽으로 흔들리면서도, 쫓아온다.

"으앗…!"

리프아웃도 이그저스트도 아니다. 란타는 몸을 틀면서 거의 바로 위로 뛰었다. 높이―는 아니고 낮고 날카롭게. 돌진한 표범을 지나치게 만든다. 아니, 그게 아니다.

표범의 등에 달라붙는다.

경우에 따라서는 팔 하나 정도는 희생해도 되지만, 처음부터 그냥 던져줄 생각은 없다고.

란타는 왼팔을 표범의 목에 감고, 두 다리로 동체를 조였다. 목측면에 나이프를 세웠다. 깊이 찌르려고 했더니 표범이 꺄오옹 하고 짖으며 펄쩍 뛰었다. 가까이에 있는 나무에 등부터 격돌한다. 직접 피해를 입은 것은 표범의 등에 매달려 있는 란타였다. 충격. 의식이 까맣게 날아갈 것 같다. 놓을 줄 알고. 안 떨어질 거다.

"응가아아아아아아아아아아아아아아아아…!"

나이프를 움직인다. 죽어라. 죽어라. 죽으라고.

표범은 버둥거리면서 앞발을 란타의 왼팔에 걸쳤다. 발톱이. 힘, 대단해.

왼팔이 풀렸다.

여기에선 버티―지 않는다.

떨어져라. 굴러서, 일어난다. 표범이 덤벼든다.

이그저스트, 미싱으로 도망쳐 간신히 빠져나왔지만 표범의 기세는 아직 수그러들지 않는다. 목의 상처 따위 아프지도 가렵지도 않다는 듯이.

란타는 찌그러진 투구를 벗어 표범에게 내던지고 이그저스트로 뛰었다. 상당히 다리가 힘들어졌다. 어디까지 할 수 있을까? 파악해라. 기합만으로는 어떻게도 안 되니까.

한 방에 역전을 노리고 싶지만 그런 방법은 없다. 다시 한 번. 방금 그걸 한 번 더 한다. 앞으로 한 번이라면 어떻게든 할 수 있다. 제대로 움직일 수 없게 되면, 마침내 살을 잘라 내주고 뼈를 깎는 작전으로 나가게 되겠지.

용쓰지는 않아. 비장한 결의 같은 것도 없다. 명백하게 절체절명, 사느냐 죽느냐, 아슬아슬한 장소에 서 있는데도 신기하게 릴랙스하고 있다.

그러지 않았다면 갑자기, 뭔가 긴 물체가 머리 위에서 내려왔다는 사실에 소스라치게 놀라서 단박에 표범에게 잡아먹혔겠지.

물론, 오우—하고 가볍게 놀라기는 했지만, 딱 적당하게 몸에서 힘이 빠져나가 있었기 때문에 곧바로 대응할 수 있었다. 그 긴 물체는 란타의 발가락 바로 앞에 박혔다. 칼이었다. 란타는 나이프를 버리자마자 그 칼을 땅바닥에서 뽑았다. 칼자루를 왼쪽 귓가까지 끌어당겨 두 손으로 쥐었다. 오른발이 앞이고 왼발은 뒤다. 표범은 지근거리에 있다. 지근도 정도가 있다고 할 정도로 가깝다. 왼발을 앞으로 내밀며 손목을 틀면서, 왼쪽에서 오른쪽 아래로 비스듬히 내리쳤다.

감촉이 있었다.

표범은 란타의 오른쪽 옆구리, 몸에 닿을까 말까 한 가까운 곳을 지나쳐, 쓰러졌다.

"…이, 칼."

맞은편 왼쪽은 언덕이라고 부를 정도로 높지는 않지만, 깎아지른 것처럼 솟아 있다.

그 위에서 누군가가 이 칼을 던져주었다. 그렇게밖에 생각할 수 없다. 이런 것이 우연히 타이밍 좋게 하늘에서 내려올 리가 없으니까, 그 이외의 가능성은 절대 없다고 단언할 수 있다.

소용없다는 것을 알았지만 란타는 그 경사면을 기어 올라가봤다. 소용없지는 않았다.

거기에는 아무도 없었지만 칼집이 버려져 있었다.

란타는 몸을 굽혀 칼집에 손을 뻗었다. 칼집을 집자 무릎이 저절로 꺾였다.

"…웃."

울지 마.

눈물 따위 흘려서는 안 된다.

필사적으로 참고 숨을 내쉬었다.

"그 아저씨…."

웃으려고 했지만 잘되지 않았다.

"…바보 녀석… 웃…."

―달린다.

달린다.

어둡다.

캄캄하고, 긴, 긴 터널 안을, 달린다.

앞쪽에 빛 같은 것이 보인다.

그곳을 향하여, 달린다.

달린다.

달린다.

암흑 속을, 달린다.

빛을 향하여, 달린다.

그곳에는 도달할 수 있을 것 같지 않다. 그래도, 달린다.

달린다.

달린다.

조금만 더. 앞으로 조금만.

터널은 끝날 것 같으면서 끝나지 않는다.

달린다.

달린다.

달린다.

계속 달리고 있노라니―.

갑자기, 빛이 넘쳤다.

터널을 빠져나와, 달린다.
달린다.
어디까지고, 달린다.
내리쬐는 햇살에, 드러난 팔과, 머리가, 뜨겁다.
달리고 있으면 서늘하고 기분 좋으니까, 멈추고 싶지 않다.
달린다.
풀밭을 달린다.
달리면서 돌아보니, 마침 태양이 눈에 들어와, 현기증이 날 것 같
다.
그것이 왠지 우스워서, 웃는다.
웃으면서, 다시 앞을 향하고, 달린다.

어―이, 너무 멀리 가버리지 마.

그런 목소리가 들린다.
싫어, 라고 대답하고, 다시 웃고, 속도를 높였다.
붙잡히고 싶지 않은 거다. 그렇게 생각한다.

누구에게도, 붙잡히고 싶지 않아.

어딘가로 가고 싶은 건, 아니지만.

바람이 없어도, 이렇게 달리고 있으면, 마치 바람이 부는 것 같아.

…어—이. 정말로 이제 그만, 돌아오라니까.

또 목소리가 들린다.

어쩔 수 없네. 그렇게 생각하면서 멈춰 섰다. 아빠는 늘 일만 하느라 운동 부족이다. 뭐든지 비디오카메라로 녹화해두는 걸 좋아해서, 쉬는 날에는 딸을 데리고 나와 차로 조금 먼 곳까지 드라이브하는 적도 있고 걸어갈 수 있는 근처 공원에 가기도 하는데, 아무튼 어딘가에 데려가면 카메라를 돌린다. 그리고 졸업식이나 입학식이나. 히나마츠리(주2)나, 크리스마스라거나, 그리고 생일에도.

하지만 일일이 찍는 것치고는 안 보잖아?

괜찮아—라고 아빠는 말한다. 이런 건 기록이니까. 언젠가 분명히 너무나 보고 싶어져서 다 함께 보면서, 아, 그립다 하고 느낄 때가 올 거야. 그때를 위해서 찍는 거야.

어른이 되고 나서? 그렇게 물으면, 예를 들면 그래, 아빠는 대답한다. 어른이 되어 누군가와 결혼하고 아이가 생긴다거나 하면—.

무척 신기하게 느껴진다. 내가 결혼을?

안 한다는 법은 없잖아? 뭐, 해도 이상할 것 없어. 아마도 언젠가는 누군가와 결혼하지 않을까?

…할까? 결혼을. 아이? 내가 엄마가 된다는 거야?

주2) 히나마츠리: 雛祭リ. 매년 3월 3일, 여자 어린이의 건강을 기원하는 축제. 히나 인형을 꺼내어 장식한다.

될지도 모르잖아, 아빠는 말한다.

그런 일은 일어나지 않는 것 아닐까 라는 느낌이, 나는 든다.

"…응? 뭐? 다시 한 번 말해봐. 좀… 잘, 안 들렸는데."

엄마가 전화기 너머에서 뭔가 말하고 있다. 엄마는 울고 있다. 울음 섞인 목소리라서 잘 들리지 않는다. 하지만 사실은 나는 이해하고 있다. 엄마가, 아빠가 돌아가셔서, 라고 말하는 것을, 나는 분명히 들었다. 하지만 거짓말 아닐까 하고, 잘못 들은 것 아닐까 하고, 왜냐하면, 그런 일은 일어나지 않는 것 아닐까—라는 느낌이 들어서 나는 되묻는다.

응?

뭐? 엄마? 똑똑히 말해봐?

아빠가, 어떻게 되었다고…?

달린다.

나는 달린다.

학교 복도를 달린다.

바깥으로 나가서, 달린다.

큰길가로 나와서, 달리면서, 택시를 찾는다. 손을 들고, 달린다.

나는 멈춰준 택시에 급히 올라탄다. 운전사에게 행선지를 말한다. 택시는 느릿느릿 움직인다. 신호가 빨간불이 되면 멈춘다. 늦어, 늦어. 나는 생각한다. 이럴 줄 알았으면 택시 같은 걸 타는 게 아니었어. 뛰면 좋았을걸. 택시가 병원 앞에서 선다. 내리려고 한다. 문이 열리지 않는다. 손님, 돈, 돈이요, 라고 한다. 얼마예요? 물으면서 나는 지갑을 꺼냈다. 창백해졌다. 지갑 속에 425엔밖에 들어 있지 않았다. 부족하다. 어쩌지? 어쩌지? 저기, 저, 아빠가,

돌아가신 모양이라서, 그래서, 죄송합니다, 돈이. 아, 됐어, 됐어. 알았으니까. 운전사가 문을 열어준다. 죄송합니다, 죄송합니다, 죄송합니다. 몇 번이나 사과하고, 택시에서 내려, 나는 달린다. 병원 안을 뛰어다닌다.

—어두운 장소에서 아빠가 찍어 모아둔 영상을 본다. 내가 달리고 있다. 웃고 있다. 단정히 앉아 있다. 케이크에 꽂힌 촛불을 불어서 끈다. 노래한다. 가끔씩 아빠 목소리가 들린다. 어이—너무 멀리 가지 마라, 라거나. 아빠의 웃음소리. 내가 노래하면 아빠도 노래한다. 나는 불을 끈 방 안에서 바닥에 앉아 TV에 비치는 내 영상을 언제까지고 보고 있다.

아빠의 얼굴이 한 번도 비치지 않는다. 손조차도 나오지 않는다.

목소리가 들릴 뿐. 그것도 가끔씩.

어째서 나는 아빠를 찍어두지 않았을까?

"나와 사귀어주세요." 하카마다 군은 나뭇가지 사이로 스며드는 햇살 밑에서 말하고 나서, "아, 왜 존댓말을, 이상하지? 사귀어… 주지 않을래?"라고 고쳐 말한다. 나는 생각에 잠긴다. 그러고 나서 물었다.

"사귄다는 건 구체적으로 뭘 하는 거야?"

"…뭐긴, 그건… 같이 하교한다거나?"

"같이 하교하면 되는 거야?"

"아니, 그것만이 아니라… 놀러 간다거나?"

"놀러 가는 건 상관없지만."

"지만?"

"별로 괜찮은데."

결혼은 안 하지 않을까 하고 나는 생각한다. 하카마다 군은 물론 결혼하자고는 말하지 않았다. 그런 말은 한 마디도 하지 않았다. 하지만 결혼하고 싶은 것도 아닌데 사귄다는 건 어떤 거지? 나는 그렇게 생각해버린다.

"하카마다의 어디가 좋아?" 얏키가 물어서 나는 고개를 갸웃거렸다. 얏키는 자전거를 벤치 옆에 세워두고 아이스크림을 먹고 있다. 나도 아이스크림을 먹고 있다. 매미 소리가 시끄러웠고, 아이스크림은 무척 차가운데도 땀이 가시지를 않는다.

"어디가 좋거나 한 건 아닌데." 나는 솔직하게 대답했다.

"아무것도 좋지 않은데 사귀는 거야?"

"사귄다고 해도 같이 집에 가거나 하는 정도니까."

"그걸 사귄다고 하는 거잖아. 뭐야, 키스 정도는 했어?"

"그건 아니야."

"어, 싫은 거야?"

"그런 걸 하고 싶다고 생각한 적은 없으니까."

"왜 사귀는 거야?"

그러네. 굳이 말하자면, 누군가와 사귀어본다는 것도 나쁘지는 않을지도 몰라, 그런 비슷한 느낌인가? 하지만 뭔가 그런 것과도 다른 것 같다. 분명히 대답하지 못하고 있으니 얏키가 "그만두는 게 좋지 않아?"라고 말한다. 그것도 그렇다고 나는 생각한다. 하지만 하카마다 군에게 어떻게 말하면 좋을지.

신발장에서 실내화를 꺼내어 신는데 발이 뭔가 기분 나쁜 감촉에 휩싸인다. 벗어보니 양말이 빨갛게 젖어 있다. 그렇구나, 아마도―. 실내화 안을 본다. 아무래도 이 안에 케첩이 들어 있던 모양이다.

나는 그런 짓을 하거나 하지 않으니까 다른 누군가의 소행이겠지.

"지독한 짓을 하네…."

중얼거리고 양말을 벗었다. 실내화는 양쪽에 다 케첩이 들어가 있다. 핫도크도 아니고. 그렇게 생각했다. 핫도크가 아니라 핫도그다. 도크는 배를 고치거나 바다에 띄울 수 있도록 하는 곳. 도그는 개. 핫도그는 뜨거운 개. 의미를 모르겠다고 생각하면서, 케첩으로 더러워진 한쪽 양말을 들고 양말을 한쪽만 신은 채로 오른발은 맨발로 복도를 걸어간다. 어딘가에 손님용 슬리퍼가 있을 것이다.

"어라, 메. 무슨 일이야?" 얏키가 말을 건다. 얏키의 얼굴 아랫부분이 이상하게 일그러져 있다. 위쪽은 아주 약간 굳어 있다. 그 표정을 보고, 얏키가 했구나―라고 확신했다.

"슬리퍼를 찾아"라고 대답한다.

"왜? 어라? 그 양말, 왜 그래?"

"뭔가, 지저분해졌어."

"왜 양말이 그렇게 더러워? 이상하네, 메. 메는 좀 괴짜야."

"그런가?"

하카마다 군과는 헤어지기로 했다. 하굣길에 직접 그렇게 전하자 하카마다 군은 당황했다.

"엇, 나, 무슨 짓 했어…?"

"하카마다 군은 아무 짓도 안 했어."

"그럼 왜 헤어지자는 거야?"

"이런 건 좋지 않다고 생각해서."

"어, 이런 거라니?"

"어떻게 말하면 좋을까? 그러니까, 하카마다 군은 아마도 나를 좋아한다고 생각하는데."

"그야 좋아해. 좋아하니까 사귀자고 한 거고. 어, 뭐야? 그쪽은 나를 좋아하지 않는다는 거야…?"

"분명 하카마다 군의 마음과는 많이 달라. 나는 애초에 좋아한다는 걸 잘 몰라서."

"그럼 처음부터 사귀지 않았다면 좋았던 것 아니야…?"

하카마다 군의 얼굴은 새빨갛게 물들었다. 그는 몹시 화가 났다. 무리도 아니다. 깊이 생각하지도 않고 사귀고, 후회한다. 나쁜 짓을 했다고 생각한다. 그를 상처 입혔다. 사실 상처 입히고 싶지 않아서 사귀겠다고 한 것이라는 걸 깨달았다. 그랬다가 오히려 더욱 상처 입혔다. 하카마다 군과는 평범하게 인사하고 대화하고, 같이 가자고 하면 몇 명이서 놀러 가는 사이였다. 그것은 그것대로 즐거웠는데, 갑자기 사귀자는 말을 들었다. 결국 거절했다가 이상한 분위기가 되는 것이 싫었던 거다. 그 결과, 더욱 이상한, 이상한 정도가 아니라 나쁜 분위기가 되어버렸다. 하카마다 군과는 이제 두 번 다시 마음 편하게 이야기를 나눌 수 없겠지.

"나는 최악이네."

"그래."

"미안해."

고개를 숙여 사과했다. 하카마다 군은 아무런 말도 하지 않았다. 고개를 숙이고 있다. 그의 왼손은 교복 바지를 움켜잡고 있다. 오른손은 꽉 쥐고 가늘게 떨리고 있다. 역시 헤어지지 말자―고 제안하면 그의 노여움은 가실까? 하지만 그럴 수는 없다.

"엇, 그래서, 하카마다 군과 헤어졌어? 메?"

그렇다고 대답했다. 얏키는, 불쌍하게, 라고 말한다.

"하카마다 군, 스타일 찌그러졌네."

그건 스타일 구겼다─가 맞는 말이라고 생각한다. 하지만 잠자코 있었다.

"이걸 계기로 정신 차리고 앞으로 그런 일은 하지 않는 게 좋아. 메, 그러다가 원한 산다."

그러네─라고 대답하면서, 그렇다 해도, 어째서 하카마다 군과의 일로 얏키에게서 원한을 사버린 걸까? 하고 생각했다. 모르는 일이 있으면 옛날에는 아빠한테 물었다. 엄마에게는 별로 의논하지 않았고 지금도 하지 않는다. 그러고 보니 엄마는 어딘가 얏키를 닮았다. 얏키는 대개 생글생글, 실실 웃고 있어 대화하기 편하다. 하지만 때때로 갑자기 잔혹해진다. 깜짝 놀랄 만한 험한 말이 입에서 툭 튀어나오고 그것을 아무 데나 내던져버린다. 그리고 얼마 지나면 자기가 무슨 말을 했는지 전혀 기억하지 못하는 것처럼 태연하다. 엄마의 아무렇지 않은─아마도 아무 의도 없는 것이라고 생각되는 한마디가, 가슴을 유리 나이프로 푹 찌르는 것 같아 괴로웠던 적이 몇 번이나 있었다. 아빠에게 그 말을 했더니, 악의는 없어─라고 말하면서 머리를 쓰다듬어주었다. 때마침 기분이 좋지 않았다거나 그랬을 거야. 그런 날도 있어.

그건 언제였던가? 아빠와 엄마가 싸웠다.

"당신의 그런 면이 비겁하다는 거야!"

"그렇게 큰 소리 내지 않아도 잘 듣고 있어."

"항상 나만 나쁜 사람이지. 당신은 그걸로 좋은지도 모르지만 나는 못 견디겠어."

"당신은 나쁜 사람 아니야. 당신이 잘못했다고 생각하지도 않고. 어느 한쪽이 잘못한 거라면 그건 나야."

"그렇게 생각하지도 않는 주제에."

"생각해."

"그럼, 당신의 어디가 잘못인데?"

"당신을 화나게 만들었어. 내가 잘못하지 않았다면 당신은 화나지 않았겠지."

아빠는 온화한 사람이었다. 웃고 있거나 좀 난처해하거나 피곤해서 졸린 얼굴이거나, 그중 하나였다. 아빠가 돌아가신 날, 엄마는 병원의 긴 의자에 앉아 얼굴을 두 손으로 가리고 중얼거렸다.

"당신이 없으면 어떻게 살아가야 해…?"

옆에 앉아서 엄마의 긴장한 등을 쓰다듬었다. 아빠라면 분명 그렇게 할 것임에 틀림없다고 생각했다.

"내가 있어. 엄마는 혼자가 아니야."

엄마는 한동안 울고 나서 끄덕였다. 그 뒤에 여러 가지 일이 끝난 날 밤, 어두운 방 안에서 아빠가 찍어두었던 영상을 보았다. 아빠는 찍혀 있지 않았다.

영상 속에서 달리고 있다.

저건 어느 초원이었더라?

엄마에게 물어보면 아실까? 아마도 엄마는 알고 있을 것이다. 엄마도 함께 있었을 테니까.

저 장소에 가고 싶다고 생각했다.

강한 햇살이 내리쬐고, 바람은 거의 불지 않고, 가만히 있으면 덥지만 달리면 괜찮다.

"메리는 핑크색 좋아하지 않아?" 아빠가 묻는다.

"응. 별로 안 좋아해."

"무슨 색이 좋아?"

"하얀색? 그리고 연한 파랑!"

"하늘색 말이구나."

엄마가 마음대로 사 오는 옷은 대개 핑크색이다. 여자아이이니 역시 핑크가 귀엽잖아. 그런 말을 듣고 뽀로통해하면, 아빠는, 여자아이인 건 상관없이 무슨 색이든 좋지 않을까? 라며 도와준다.

달리고 싶다.

달리자.

달리는 거다.

어이….

부르는 소리가 들린다.

누구지?

아빠인가? 목소리가 다른 것 같다.

좀 더 달리고 싶어서, 신경 쓰지 않고, 달린다.

어이, 메리….

귀에 익은 목소리라고 생각한다.

발을 멈춘다. 혹시나 미치키?

돌아본다.

멀리에 누군가, 있다. 한 사람이 아니다. 미치키네인가?

"미치키? 무츠미? 오그?"

소리 높여, 불러본다. 그들 셋인지 아닌지, 잘 모르겠다. 너무 멀어서. 아무튼, 꽤 멀리에 누군가가 있고, 거기에서 움직이려고는 하지 않는다.

"무츠미? 오그? 미치키? 얏키? 아빠? 엄마?"

아무리 불러도, 와주지 않는다. 미치키네도 얏키도 아빠도 엄마도 아니다. 그렇다면.

모두의 이름을 부르려고 한다. 다들―.

누구? 다들이란 건?

나오지 않는다.

생각나지 않는다. 어째서?

그런가. 생각해낸다. 와주지 않는다면, 내가 가면 되는 거다.

이번에는 그쪽을 향해서 달린다.

달린다.

하지만, 아무리 달려도, 그 사람들에게는 다가가지 않는다. 나아가도, 나아가도, 저 사람들의 모습은 커지지 않는다.

지쳐버려서, 멈춰 섰다.

갑자기 그림자가 드리운다.

돌아보니, 뭔가 검은, 커다란 것이, 머리 위를 날아간다. 저건, 뭐지?

눈으로 좇는다.

갈팡질팡하는 사이에 그것은 지평선 저편으로 사라져버린다.

포기하고, 그 사람들을 찾는다.

없다. 아무 데도. 없어져버렸다.

방향을 모르겠다. 나는 어디에서 와서 어디를 향해서 가고 있던 거지?

둘러보니 사방에 초원이 펼쳐져 있다. 풀과, 하늘. 그것 이외에는 아무것도 없다.

…나는, 혼자다.

목소리가, 허망하게 울리는 일 없이, 가슴속에 담겨, 쌓이고 있다.

나 혼자… 다.

그 말을 곱씹고, 곱씹고 또 곱씹어도 맛이 나지 않게 되자, 그제야 생각난다.

그런가.

주변을 둘러본다.

여전히, 하늘과 풀, 그것 이외에는 아무것도 없다.

—나는, 죽은 거다.

그러니까, 혼자인 거다.

아까 멀리에 누군가가 있었던 것 같다. 기분 탓이었던 거다. 죽어서 나 혼자가 되었으니까, 누구도 있을 리가 없다.

죽으면 나는 내가 아니게 되고, 아무것도 모르게 되겠지. 그전에, 만나고 싶었다. 그렇게 바라는 마음이, 누군가 있는 것처럼 느끼게 만든 건지도 모른다.

앉으려고 했다. 몸이 말을 듣지 않는다.

시선을 떨군다.

내 손이 보이지 않는다. 팔이 없다. 다리도 없다. 동체가 없다.

아무것도 없다.

아아, 죽었으니까… 하고 생각한다.

죽었으니까, 아무것도 없어진 거다.

하지만, 신기해.

이렇게 생각할 수는 있다.

정말로, 생각하고 있는 걸까?

나는 이제 없는데?

여기에는, 끝없이 펼쳐진 초원과, 높은 하늘뿐이고―.

초원?

하늘?

어디에 그런 것이?

없다.

아무것도 없다.

아무것도 들리지 않는 것은, 바람이 불지 않으니까?

눈을 감아보려고 했다. 아무것도 변하지 않는다. 당연하다. 몸이 없다. 눈도 없다.

할 수 있는 것은, 생각하는 것뿐.

생각하는 건지 어떤지도 정확하지 않지만, 생각해.

생각해.

뭘, 생각하면?

숫자를 세어보기로 한다.

일. 이. 삼. 사. 오. 육. 칠. 팔. 구. 십. 십일. 십이. 십삼. 십사. 십오. 십육. 십칠. 십팔. 십구. 이십. 이십일. 이십이. 이십삼. 이십사. 이십오. 이십육. 이십칠. 이십팔. 이십구. 삼십. 삼십일. 삼십이. 삼십삼. 삼십사. 삼십오. 삼십육. 삼십칠. 삼십팔. 삼십구. 사십. 사십일. 사십이. 사십삼. 사십사. 사십오. 사십육. 사십칠. 사십팔. 사십구. 오십. 오십일. 오십이. 오십삼. 오십사. 오십오. 오십육. 오십칠. 오십팔. 오십구. 육십. 육십일. 육십이. 육십삼. 육십, 사. 육십, 육십, 사. 오? 육십, 육, 십, 십육, 오? 육?

안 돼. 숫자를 세도록 해줘. 숫자를, 부탁이야, 그러지 않으면, 아아,

사라져서,

사라져,

사,

—메리.

목소리가, 들린다.

누군가의, 목소리가.

보고 싶어.

마지막이니까.

이걸로, 끝이니까.

사라져, 버리기 전에.

제발, 다들─.

다들이란 건, 누구?

메리? 메리…?

이름 을 부르고 손 을 잡아 준

어… 나, 어, 어떻게, 하면….

어떻게도 하지 않아도 괜찮 아
아무것도 필요 없어
벌써 많이 해 줬으 니까
거짓말이 아니 야
나
행복
했어
혼자 가
아니었 으니까
당신 이
있어 주었 으니까
하루

나
나 있지
하루 나 당신 이
뭐더라
나
무슨 말을 하고 싶었던 거였더라

잊어버렸다

전하고 싶은 말이 몇 개나
많이 있었는데
이렇게나 흘러나와서 안녕
아아 안녕
멀어져간다 안녕 그래도
당신들을
당신들을 만나서

다행이

"Hey, Geek."

여드름투성이의 빨간 얼굴을 히죽거리며, 거한 맷이 과거 5년 이상 그렇게 했던 것처럼, 사람을 비웃는 말투로 부른다. 그 순간, 폭발했다. 놈에게 덤벼든다. 서프라이즈 어택은 성공한다. 맷을 자빠뜨린다. 올라탄다. 놈의 안면을 마구 때린다. 나약한 몸. 맷을 흠씬 패줄 수는 없다. 투닥투닥이라는 느낌밖에 나지 않는다. 맷은 경악에서 벗어난다. 나를 쉽사리 밀쳐냈다. 눈 깜짝할 사이에 투닥투닥이 아니라 퍽퍽 얻어맞는다. 아프다. 무섭다. 누가 도와줬으면. 하지만 용서를 구하거나 하지는 않는다. 필사적으로 방어하며 이를 악물었다. 맷의 맹공이 그칠 때까지 견딘다. 견디고 또 견딘다. 맷은 이윽고 주먹이 아파진 듯, 퍽이며 쉣이며 뭐라고 내뱉고는 가버린다. 킨스버그. 사우스파인 스트리트의 길바닥에 혼자 드러누운 채로 가슴속으로 남몰래 쾌재를 올렸다. 나는 확실히 geek(오타쿠)지만 약하지 않아. 바보도 아니야. 좀 더 강해져서 꿈을 이루겠다.

나는 일본어를 공부한다. 교재는 주로 애니메이션이나 만화. 그리고 애니송과 J-POP. 그리고 일본 소설을 읽는다. 공부도 한다. 원래 이과 과목은 잘했다. 일본어를 독학하게 된 후부터는 문과 과목도 싫지 않아졌다. 러닝을 한다. 스트레칭을 한다. 근육 트레이닝을 한다. 몸을 단련시킨다. 맷 같은 덩치는 될 수 없다. 그래도 탄력 있는 근육이 생긴다. 아무도 나에게 다가오지 않게 된다. 나는 고독을 견딘다. 끝까지 애쓴다. 드디어 교환유학생으로서 일본 땅을 밟는다. 기간은 약 1년. 왜 나는 이 나라에서 태어나지 못했을까? 아무튼 이 나라는 나와 맞는다. 물론 나는 오타쿠였지만, 오히려 그 덕분에 일본인들은 나에게 친근감을 느껴준다. 나는 홈스테이를 하던 곳의 주인인 하자키 씨 가족으로부터 진짜 가족에게서도 느껴보지 못한 따뜻한 가족애를 느꼈다. 꿈속에서까지 그리던 일본의 고등학교에서, 태어나서 처음으로 진짜 친구가 생긴다. 사랑도 한다. 여고생인 사츠키, 맞아, 그「이웃집 토토로」에 나오는 여자아이와 같은 이름의 여자친구가 생긴다. 나와 사츠키는 손을 잡고—.

둘이서 뚝방 위 의 길을 걷기도 하고 다리를 건너 기도 하고 서점 에 가

"제시, 일본어 엄청 잘하네. 엄청나게 자연스러워."

…사츠키?

제시?

나 는 키스 를 한다 사츠키 와.

입술과 입술을 포개는 것뿐인 사랑스러운 키스. …누가? 내가? 사츠키와?

나는 사츠키를 진지하게 좋아하고, 내가 가진 성의를 다 담아서, 나답게, 사츠키를 사랑하고 싶다. 나 답 게 사츠키 나 사랑….

뭔가 이상하다고 나는 느끼고 있다. 뭔가 이상하다. 일본을 떠날 날이 가까워진다. 사츠키는 "나는 장거리 연애도 괜찮아"라고 말한다. 나는 흔하디흔한 아이 러브 유를 되풀이 말한다. 왜냐하면 나는 사츠키를 사랑하니까. 나는 마침내 귀국한다. 사츠키와는 하루에 몇 번이나 화상 채팅을 한다. 사츠키와 종잡을 수 없는 이야기를 한다. 나는 그것만으로도 행복을 느낀다. 하지만 비디오 채팅을 끝내자마자 외롭고 슬퍼져 견딜 수가 없게 된다. 또 사츠키의 목소리를 듣고 싶어진다. 사츠키의 얼굴을 보고 싶어진다. 하지만 지금 막 비디오 채팅을 끝낸 직후이고, 일본은 한밤중이고, 사츠키는 이제 자

야 할 테고, 뭔가 이상하다고 나는 느끼고 있다. "요즘 제시 왠지 차갑지 않아?"라고 사츠키가 말해서, 사과했더니 화를 내고, 뭔가 이상하다고 나는 생각한다. 뭔가 이상하다. 이상해. 모든 것이.

나는 누구? 나는 제시? 나 는…

"아게하, 계속 함께야." 타카야가 나를 껴안고 귓가에서 속삭인다. 나는 언제까지고 이렇게 안겨 있고 싶다고 바란다. 내 이마에 타카야의 턱이 닿았다. 타카야는 매일 면도를 꼼꼼하게 하지 않으니까, 머리를 움직이면 수염이 이마에 닿고, 쓸려서, 조금 아프다. 면도를 하라고 부탁했던 것을 떠올린다. 알았어, 타카야는 대답했지만 며칠 지나면 또 잊어버린다. 그러다가 나는 포기한다. 익숙해져버린다. 지금은 이 감촉도 나쁘지 않다고 생각한다. 타카야와 껴안고 둘이서 한 이불을 덮고, 더워서, 머리가 멍해져서, 졸려서, 하지만 잠이 오지 않는, 이 시간이 나는 무척 소중하고, 아주 좋고, 입맞춰달라고 조르고 싶지만 창피해서 할 수 없다. 타카야 쪽에서 해주길 원한다. 하지만 타카야는 숨소리를 내며 잠이 들었다. 정말이지, 나는 속이 상했다. 나도 잠들어버리려고 했다. 그러면 타카야가 내 이마에 입술을 가까이 가져온다. 타카야의 입술이 점점 내려온다. 나는 그것을 입술로 받는다. 긴 입맞춤을 나누면서, 뭔가 이상하다고 나는 느끼고 있다. 뭔가 이상하다.

타카야가 체온을 잃어간다. 방금 전까지 따뜻했는데. 뜨거울 정도였는데. 나는 타카야를 껴안고 있다. 따뜻하게 해주려고 한다. 그런 일을 해도 소용없다고는 생각하지 않는다. 생각하고 싶지 않다. 우리 주위에는 리키마루가 있다. 카라츠가 있다. 도미코가 있다. 타라츠나가 있다. 모두 이제 움직이지 않는다. 동료들이 흘린

피는 차가워졌다. 윙윙. 벌레의 날갯짓 소리가 들린다. 파리가 모여들었다. 나는 파리를 손으로 쫓아내려고 했다. 하지만 다 쫓아낼 수 없다. 애초에 손을 움직이는 것이 힘들다. 보니 내 배에도 파리가 꼬여 있다. 나는 그것을 어떻게 하고 싶다고 생각한다. 어떻게 하면 좋을지 모르겠다. 타카야. 일어나, 타카야. 부르고 싶다. 목소리가 나오지 않는다. 내 입술에 파리가 앉았다. 슬금슬금 움직인다. 파리는 거기서부터 내 속으로 들어오려고 한다. 나는 입을 다물려고 한다. 하지만 잘 안 된다. 대신에 내 눈이 감긴다. 뭔가 이상하다고 나는 느끼고 있다. 뭔가 이상하다.

"—방법은 있어. 딱 한 가지."

깨달은 것이 있다. 명확하게 전해지지는 않았지만 열쇠는 이미 주어져 있던 것 아닐까? 나는, 우리는, 왜 처음에 매직 미사일(마법의 광탄)이라는, 어떤 의미로는 특이한 마법을 배우는 건가? 그런가. 그랬던 거다. 그런 일이었던 거로군요, 위저드(마도사) 사라이. 나는 본인에게 직접 그렇게 말한다. 마법사 길드의 대장로인 사라이는 웃어 보일 뿐 아무 대답도 하지 않는다. 스스로 생각하라는 것이로군요. 자기 자신이 길을 개척하라고. 그러지 않으면 진짜 마법에는 도달할 수 없다. 그렇게 해서 발견해낸 것이야말로 나에게 있어서의 마법인 것이다. 그렇게 물어봤자 사라이가 긍정해줄 리는 없다. 그러나 나는 확신하고 있다. 이제야 보였다. 내가 나아가야 할 길. 길 없는 길을 간다. 그것이야말로 길이었던 것이다.

"야스마." 사라이가 나에게 말한다. "서둘러서는 안 된다. 자, 나를 잘 봐라. 보는 바와 같이 인생은 길다. 천천히 천천히 가는 게 좋아."

물론 나는 그럴 생각이었다. 뭔가 이상하다고 느끼면서도 나는, 모처럼 단서를 얻은 거다. 내가 말하는 것도 좀 그렇지만, 나는 성실하고 근면하다고 생각한다. 의용병이 되고 마법사가 되고 나서 나는 마법을 마스터하기 위해서 열심히 연구했다. 나는 많은 마법을 습득했다. 나는 내 의견을 분명히 말했고 상대가 잘못되었다고 느끼면 그 뜻을 명확히 전했다. 덕분에 다른 사람들과 충돌하거나 사이가 틀어지는 일도 있었다. 그러나 마법사로서의 나를 필요로 하는 자는 항상 있었다. 나는 마법사로서, 의용병으로서 누구에게도 부끄러울 것 없는 삶을 살아왔다. 그런 자부심이 나에게는 있다. 그렇다 해도 뭔가 이상하다.

나는 매직 미사일을 더욱 연마하기로 한다. 여기가 돌파구가 될 것이라는 확신이 나에게는 있다. 이제 길의 절반 정도. 아니, 그 정도가 아니라 길가에 갓 도착한 것뿐이라고 말해도 된다. 나는 아직 쓰러질 수는 없다. 그런데도 뭔가 이상하다고 느낀다, 나는.

"—강하게 살아가야 한다, 이츠나가. 강하게…."

어머니는 낙엽과 마른 나뭇가지에 거의 파묻혀 있다. 전부 내가 모아 온 것이다. 어머니는 추운 것 같았다. 떨고 있었다. 그래서 따뜻하게 해줘야 한다고 나는 생각했다. 어머니의 손을 잡는다. 어머니가 내 손을 맞잡아준다. 금방 어머니 손에서 힘이 빠져나간다. 어머니는 웃는다. 내 어머니는 죽어가고 있다. 그것은 나도 알고 있다. 죽어가는 생물을 많이 봤기 때문에, 나는 죽는다는 것을 알고 있다. 어머니는 죽으려고 한다. 강하게 살라고 나에게 유언을 남기고. 뭔가 이상하다고 나는 생각한다. 뭔가가 이상하다. 어쨌든 어머니는 죽는다. 움직이지 않게 되어가는 어머니의 손을 잡은 채로 나는 마을 사람들이 나와 어머니에게 한 짓을 잊지 않겠다고 마음속에 다짐했다. 어머니는 어째서인지 원망 한 마디 하지 않는다. 그러나 나는 마을 사람들을 용서할 수 없다. 도저히 그럴 수 없다. 내 품속에는 어머니가 호신용으로 주신 단도가 숨어 있다. 나는 이 단도로 원수를 갚겠다고 결의한다. 이 단도로는 놈들의 목덜미까지 닿지 않는다면, 좀 더 긴 칼을 손에 넣어 심장을 단칼에 찔러주겠다. 내가 그렇게 말하면 어머니는 말리겠지. 나는 아무 말도 하지 않을 거다. 그냥 잠자코, 편안하게 어머니를 죽게 해드리자. 편하게 해드리자. 하지만 뭔가 이상하다고 나는 생각한다.

뭔가 이상하다. 나는, 누구? 나 누구 이츠나가? 이제 내가 누구인지도 나는 잘 모르겠다. 나는.

이름은 바뀐다. 부르는 이름 같은 건 뭐든 상관없다. 나는 열 개의 이름을 버리고, 백 개의 이름을 버리고, 천 개의 이름을 가졌다. 디하 거트. 그것은 내가 가진 천 개의 이름 중 하나일 뿐이다. 단, 상당히 낡은 이름이기는 하다. 어쩌면 가장 오래된 이름인지도 모른다. 나는—.

제시 스미스

아게하

야스마

이츠나가

디하 거트

나는?

이름은 됐다. 나는 천 개의 이름을 가졌다. 수천의 땅을 돌아다녔다. 정 처 없이? 뭔가 이상하다고 나는 생각한다. 아직 못 본 풍경을 찾아 표류하면서, 나는 뭔가가 이상하다.

뿜어 올리는 것처럼 바람이 부는 강어귀의 단애절벽 가장자리에 서서 나는 밝은 녹색에서부터 파랑으로, 파랑에서 짙은 남색으로 변해가는 바다를 둘러보고 있다. 숨이 막힐 것 같은 바다 내음을 들이켜고 나는 눈을 가늘게 뜬다. 나는 내 손으로 눈길을 떨군다. 내 녹색 손. 내 두꺼운 손가락. 내 딱딱하고 튼튼해 보이는 손톱.

나는 한 마리의 쥐.

래트 킹(쥐의 왕).

나 는

제 게하 하 츠나 아 시 야스 디 스 마 이 거트 미스 가 디디디디디 디디디디하 거거거거거거거거거거거거거트거이츠츠츠츠츠츠나가야 스스스스스스스스스마아게아게아게게게게게게게아게하제시제시 제시제시스스스스스스스스스스미스메메메메메메메메메메메메메 메이이이이리리리리메메메메메메메메메메메제시스미스아게 하야스마이츠나가디하거트래래래래래래래래트킹킹킹킹킹킹킹킹

거기서 더 앞으로 나가선 안 된다

나는 달리고 있다
달리고 있다
달리

초원
하늘

아무것도 없다

여기는 어디
아무도 없다
나 혼자

혼자가 아니야, 라고 누군가가 말한다. 몇 사람이 말한다. 손을
내밀어준다. 닿는다. 함부로. 난폭하게. 억지로 밀고 들어온다. 들
어와버린다. 그만둬. 들어오지 마. 내 속에. 오지 마. 부탁이야.

―메리!

그것이.
그게 내.

메리!

내 이름을 불러.
더 불러줘.
나를 붙잡아줘.
놓지 말아줘.

메리!

메리!

메리!

아아…,
그리고 나는, 눈을 뜨려고 한다.

쿠자크가 건물 안으로 굴러들어왔다. "—뭐야, 그놈들! 어두워져도 눌러앉을 작정인 거야!"

벌써 몇 번이나, 몇 번이나, 몇 번이나, 셀 수 없을 정도로 쿠자크는 저렇게 밖으로 나갔다가는 돌아오기를 반복하고 있다. 지칠 대로 지쳤을 것이다. 배고프고 목도 마를 것이 틀림없다. 그래도 가만히 있을 수는 없는 것이겠지. 그 마음은 안다. 하루히로도 마찬가지다. 가만히 있는 것은 괴롭다. 하지만 그녀 곁에서 떨어질 수는 없다.

유메는 망가져서 문짝이 없는 출입구 주변에서 무릎을 세우고 앉아 있다. 칼을 손에 들고는 있지만 거의 칼자루에 손가락을 감고 있을 뿐이다. 유메는 줄곧 고개를 숙이고 있다. 불러도 대답을 하지 않을지도 모른다. 그런 느낌이 든다.

시호루도 유메와 비슷한 꼴이다. 하루히로 옆에 앉아 고개를 숙인 채로 미동조차 하지 않는다.

새들은 아직 요란스럽게 지저귀고 있다. 천장의 구멍 가장자리에도 번갈아가며 열 마리 이상의 까마귀가 와서 상당히 시끄럽다.

쿠자크는 바닥을 발로 차더니 쪼그리고 앉는다. 잠시 후에 "…어떤가요?"라고 물었다.

하루히로는 입을 벌리고 뭔가 말하려고 했다. 말이 나오지 않는다.

입술을 핥았다. 약간 아프다. 입술이 말라서, 갈라졌다.

하루히로는 결국 "아직"이라고만 대답했다.

"…그렇습니까?"

쿠자크는 일어서려고 한다. 허리에 힘이 들어가지 않는 건가? 주저앉아버린다.

하루히로도 오로지 그저 방관하고 있던 것만은 아니다. 제법 용기가 필요했지만, 그녀와, 그 옆에서 납작한 가죽 인형이 되어버린 제시의 상태를 한 번도 아니고 몇 번인가 조사했다. 특히 제시를 만지는 것은 무서웠다.

제시의 피부는 온기가 없고 윤기는 느껴지지 않지만 바삭하게 마른 것도 아니었다. 하루히로는 제시의 왼쪽 발목을 잡아서 들어 올려봤다. 중량은 분명히 있다. 그래도 인간의 무게는 아니다. 겉보기와 마찬가지로 지금의 제시를 구성하는 것은 가죽과 뼈뿐인 건가? 아무리 생각해도 살아 있지는 않겠지만 시체 냄새는 나지 않는다. 부패하지 않았다는 뜻이다. 그 점에 관해서는 그녀도 마찬가지였다.

그녀는 죽어버렸다. 틀림없이 그랬다. 하루히로는 그 순간에 그 자리에 있었다.

현재도 그녀는 살아 있지는 않다. 분명하게 확인했다. 맥박이 없다. 그녀의 심장은 움직이지 않는 것이다. 체온도 아마 기온과 거의 다르지 않을 것이다. 그럼에도 불구하고 그녀는 사후 경직이 되지 않았다. 부패하지도 않았다.

그리고 또 한 가지, 마음에 걸려 조사해본 것이 있다.

인간은 살아 있으면 심장이 움직이고 끊임없이 혈액이 흐른다. 심장이 멈추면 당연히 혈류도 멈춘다. 그러면 어떻게 되는가? 혈액은 중력에 끌린다. 드러누워 있으면 등 쪽으로 모인다. 그것은 겉에서 봐도 알 수 있다. 시반이라고 해서, 그 부분이 자주색 비슷하게 변색하기 때문이다.

하루히로는 그녀의 머리를 들어 올려보기로 했다. 그러기 위해서는 그녀의 어깻죽지의 상처에 왼쪽 손목의 상처를 맞대고 있는 제시를 치울 필요가 있었다. 하루히로는 그녀와 제시를 묶고 있는 천을 신중하게 풀었다. 눈을 의심했다. 제시의 왼쪽 손목에는 금이 간 것 같은 상처가 남아 있었다. 그러나 그녀의 어깨는 깨끗했다. 그녀를 죽음에 이르게 했다고 말해도 될 만한 큰 상처가 말끔하게 사라져버렸다. 제시의 상처에서 대량으로 흘러나왔을 혈액도 보이지 않았다. 거무튀튀한 피에 물들었어야 할 천조차도 그리 더럽지 않고 바싹 말라 있었다.

전율하면서 하루히로는 그녀의 머리를 들고 머리카락을 걷어내고 목덜미를 들여다보았다.

당연히—라고 말해야 할지도 모르겠다.

거기에는 시반 같은 것은 없었다.

도대체 이것은 어떻게 된 일인가? 그녀는 살아 있지 않다. 그러나 죽었다고도 말할 수 없다. 계속 이대로일 리는 없을 것이다. 분명 어떠한 변화가 나타나겠지. 어떤 변화가? 예측할 수 없다. 당연하다. 예측 같은 걸 할 수 있을 리가 없다. 분명 좋은 변화임에 틀림없다고 하루히로는 기대하고 있다. 동시에 겁나기도 했다. 뭔가 엄청난 일이 일어날지도 몰라. 이미 일어나고 있는 건지도 몰라. 찾아올 변화가 어떠한 것이든 받아들이는 수밖에 없다. 하지만 과연 받아들일 수 있을까?

우로오오오오오오오오오오오오오오오오오오오오오오오옹….

"—읏…." 쿠자크가 일어섰다.

유메도 바깥쪽으로 얼굴을 향했다.

"하루히로 군…."

시호루가 불러 하루히로는 끄덕였다. 잊어버리고 있던 것이 아니다. 제시가 말했다. 해가 지면 부르가 온다고.

유메가 한쪽 무릎을 세우고 칼을 잡았다. 누군가가 건물로 달려온다. 유메는 그 누군가를 공격하지 않고 통과시켰다. 시체를 찾아다니는 늑대라는 부르가 아니다. 헤드 스태프를 든 세토라와 회색 냐아 키이치였다.

"하루."

세토라는 유메와 쿠자크에게는 눈길도 주지 않고 빠른 걸음으로 하루히로에게 다가갔다.

하루히로는 "…응"이라고만 대답했다.

세토라는 격자 칸막이에 헤드 스태프를 세워놓더니 하루히로 옆에 섰다. 한 번 숨을 내쉰다. 키이치가 세토라의 종아리에 목을 비비며 냐옹—하고 울었다.

"…지금까지, 어디에?" 시호루가 묻는다.

"찾아다녔다."

세토라는 짧게 답하더니 품에서 주먹만 한 크기의 물건을 꺼냈다. 크기뿐만이 아니다. 모양도 주먹을 닮았다. 금속인가? 딱딱해 보이고 그런대로 무게도 나갈 것 같다. 몇 군데에 구멍이 뚫려 있는 것 같다. 거기에서 은은한 파란 빛이 새어나온다.

하루히로는 거기로 시선을 향했다. 그저 보고 있는 것뿐이었다. 조금도 흥미가 일지 않는다. 그것이 뭐든 솔직히 상관없다.

"이건 위혼기(僞魂器)라고 한다." 세토라는 스스로 밝혔다. "안에는 엠바의 위혼이 들어 있다. 인조인간의 본체라고도 부를 수 있는 것이다. 사령술사는 위혼기와 시체를 결합시켜 인조인간을 만든다. 슈로 가문에 태어난 나는 철이 들 무렵부터 인간이나 짐승의 시체를 만졌다. 촌락에서도 슈로 가문의 인간은 기피당하기 일쑤다. 나도 종종 냄새 난다며 손가락질을 받았다. 사실은 사령술사가 부패한 시체를 취급하는 일은 우선 없다. 정성껏 세정한 시체는 살아 있는 인간보다 청결하고 냄새가 나지 않아. 게다가 적절한 취급을 받은 뼈와 근육, 혈관, 내장은 그야말로 아름답다. 그것들을 조합해서 완성된 인조인간이 움직이는 모습은, 과장이 아니라 겸손하게 말해도 감동적이다. 그러나 나는 엠바를 만들고 나니 다른 인조인간에 손댈 마음이 사라졌다. 슈로 가의 사령술사는 인조인간을 만들었다가 망가뜨리고 다시 만든다. 평생 그것을 반복하며 더 높은 단계를 목표로 한다. 나는 엠바만으로 족했다. 집안사람들은 끝내 이해해주지 않았지만. 그리고 슈로 가문의 여자가 냐아를 키우는 것도 괴이한 행동으로 간주되었다. 나는 아무래도 괴짜인 모양이야."

하루히로는 애매하게 끄덕였다. 이런 상황이 아니라면 분명 세토라의 말에 제대로 귀를 기울일 수 있었겠지. 하지만 지금은 무리다. 그런 이야기, 듣고 싶지 않아. 듣고 있을 수가 없단 말이다. 분명히 말해서, 지금 그럴 때가 아니야.

"하루."

세토라는 위혼기를 품에 도로 넣었다. 키이치가 빤히 세토라를 올려다본다.

"너는 그 여자에게 반했구나."

"…무슨…."

얼굴이 굳어지고 말문이 막혔다. 왜 갑자기 그런 말을.

어째서, 지금, 여기에서.

우로오오오오오오오오오오오오오오오오오오오오오오오옹…!

부르가 짖는다.

하루히로는 천장의 구멍을 올려다보았다. 어느 틈엔가 까마귀는 한 마리도 남기지 않고 사라져버렸다. 고개를 숙인다. 두 번, 눈을 깜빡였다. 숨을 쉰다.

"…일방적으로."

거짓말은 할 수 없다. 그렇게 생각했다. 그것만은 안 된다.

"내… 일방적인, 마음이랄까. 그런 건, 아…."

"됐어."

세토라는 몸을 굽히고 오른손을 뻗어 하루히로의 입을 손바닥으로 막았다. 그리고, 어째서인지 아주 살짝 웃고는, "알았다"라고 말했다. 그 후에 "허나, 하루"라고 말을 이었을 때는 목소리 톤이 변했다. 세토라의 손이 바들바들 떨리고 있다. 힘이 담겼다. "―죽은 자는 되살아나지 않아."

하루히로는 아무 말도 할 수 없었다. 세토라의 손으로 입이 막혔기 때문이 아니다. 그런 것은 어떻게든 치울 수 있다. 하루히로는 의심하고 있었다. 자신은 꿈을 꾼 것이 아닐까? 인간이 되살아나는 꿈을. 사람은 죽으면 그뿐인데. 그리고 세토라의 한마디에 스스로 좋을 대로 만들어낸 좋은 꿈이 깨지고 눈이 뜨였다. 그런 기분이 들었다.

세토라는 오른손을 뒤로 빼더니 자기 왼손으로 감싸는 것처럼

쥐었다.

"인조인간은 어떤 의미에서는 타협의 산물이었다. 훗날 사령술사라 불리게 된 술자들은 원래는 죽은 사람을 소생시키는 것을 목표로 했던 거야. 그 시도는 렐릭(유물) 입수에 의해 위혼을 생성할 수 있게 되었고, 인조인간이 생겨난 후에도 지속되었다. 허나 단 한 번도 성공한 적은 없어. 죽음은 불가역적 현상인 거다. 사람뿐만 아니라, 살아 있는 것은 죽으면 결코 되살아나지 않아. 그 여자가 숨을 되살린다고 해도 내가 생각하건대 그것은 네가 바라는 그런 소생이 아니다. 되살아난 그녀는 죽기 전과는 다른 사람일지도 모른다. 정체 모를 괴물이 아니면 좋겠지만. 그래도 인조인간처럼 사랑스럽고 충실하다면 그나마 다행이다. 그게 아니라면 어떻게 할 거야?"

"…어떻게… 라니?"

"아니. 어떻게고 뭐고 없지. 너는 모든 것을 인정하고 받아들여야 하는 거다."

"그건… 알고 있어."

"정말로? 그럴 각오가 되어 있다고 가슴을 펴고 단언할 수 있나? 하루?"

마음의 준비가 되어 있는 거라면 세토라의 말대로 가슴을 펴고 즉답하며 끄덕여야 한다.

하지만 하루히로는 그럴 수 없었다.

"만약 각오가 되어 있지 않은 거라면." 세토라는 오히려 어조를 부드럽게 하고 조용히 말했다. "너는 지금 당장 해야 할 일이 있다."

"…내가… 해야 할 일이?"

"음, 그렇다. 분명 아직 늦지 않았어. 네 단검으로 그 여자의 머리와 심장을 찔러라. 그걸로 끝내는 거다. 네가 못하겠다면 내가 대신 해줄 수도 있어. 업을 짊어지는 데는 익숙하다. 나라면 주저하지 않고 할 수 있다. 순식간에 정리해주겠다."

늦지 않았다. 정말 그럴까? 하지 않으면 안 된다. 내가. 이 손으로. 아니면 세토라에게 해달라고 한다. 아니야, 할 거면 내가 해야 해. 하지만 그런 짓을 할 필요가 있는 걸까? 필요는 없다. 각오. 그렇다. 각오만 있으면. 무슨 일이 있어도 괜찮다고 단언할 수 있다면. 하루히로는—

"읏…." 목소리가 흘러나왔다.

하루히로가 아니다. 세토라도 아니다. 시호루도, 유메도, 쿠자크도 아니다.

메리다. 메리의 사지가 땅기는 것처럼 뻣뻣하게 움직였다. 두 팔, 두 다리만이 아니다. 목부터 몸이 활처럼 휘었다.

"메리…!"

하루히로는 메리에게 달려갔다. 곧바로 놀라 몸이 뒤로 젖혀졌다.

"우아아아아아아아아아아아아아아아아아아아아아아아아아.

어두워서 잘은 보이지 않지만, 메리의 입에서, 아마도 그 이외의 부분에서도 뭔가가 흘러나오고 있는 것 같다. 뭐지? 메리 몸 안에서, 뭐가?

"읏…."

하루히로는 자기도 모르게 오른손으로 입을 가리고 숨을 참았다. 이 냄새는.

피?

혹시나 피인가? 혈액 냄새와 비슷하다. 아니, 하지만, 좀 더 비릿하다.

"뭐야…?!" 세토라가 뒷걸음질 쳤다.

"메, 메리…?!" 유메가, 쿠자크가 "메리 씨…!"라고 외쳤다.

"—힉…." 시호루가 작은 비명을 질렀다.

뭐야? 이거. 뭐냐고? 하루히로는 무릎을 꿇는 것 같은 자세로 바닥을 왼손으로 짚고 있었다. 피인지 뭔지 잘은 모르지만, 아무튼 메리의 몸 안에서 나온 액상의 물체가 하루히로의 왼손을, 그리고 무릎까지 적신다. 엄청난 양이다.

"커헉, 우욱, 쿡, 컥, 우웩, 욱, 커헉, 컥, 컥…."

메리가 목소리라기보다 이음을 발하면서 액상 물체를 계속 토해내고 있다. 어쩌지? 어떻게 하면 돼? 아무것도 하지 않을 수는 없다. 뭔가 손을 써야 해. 어떻게든 해줘야 해. 왜냐하면, 괴로운 것 같아.

"메, 메리…!"

하루히로는 과감히 몸을 내밀어 메리의 어깨를 움켜잡았다. 멈추게 해주고 싶다. 액상의 물체가 나오는 것을. 하지만 멈추게 해도 괜찮은 건가? 막을 수 있는 건가? 어떻게 해서? 액상의 물체는 끊임없이 메리 속에서 나온다. 메리는 이제 액상의 물체에 흠뻑 젖었다. 하루히로도 마찬가지다. 손도 팔도 다리도 질척질척해졌다. 얼굴에까지 물방울이 날아온다. 분명 이 액상 물체는 그냥 피가 아니다. 혹은 그냥 피인 건가? 하루히로는 왼손으로 메리의 오른쪽 어깨를 누른 채로 그녀의 뺨 언저리에 오른손을 뻗었다. 역시 입뿐만이 아니다. 액상 물체는 코며 눈에서도 유출되는 것 같다. 하루히로는 그것을 닦아주려고 했다. 무의미하다. 계속해서 나온다. 화수분인가? 잠시도 멈추지 않는다. 하지만 닦지 않을 수가 없다. 그야 아무것도 하지 않는 건 무리니까.

"메리! 들려?! 메리! 나야, 하루히로야! 메리…!"

어떻게든 해주고 싶지만, 액상 물체는 어떻게 될 것 같지가 않다. 이렇게 콸콸 나오는 것을 막는 건 도저히 무리다. 메리. 메리. 메리. 하루히로는 계속해서 불렀다. 메리는 온몸이 경직되고 당장이라도 몸부림칠 것 같다. 분명 엄청나게 괴롭겠지. 아마도 힘들 거다. 만약 괴로워하는 거라면, 괴로워할 수 있는 상태에 있다는 뜻이다. 그렇다면, 이제 금방 아닐까? 뭐가 이제 금방인가? 잘 설명할 수는 없다. 하지만 분명, 이제 금방이다. 하루히로는 메리를 껴안고 외쳤다. 괜찮아—라고. 걱정하지 않아도 돼. 여기에 있어. 내가, 우리가, 여기 있어. 메리, 네 곁에 있어. 네 몸은 여기에 있지만 어쩌면 너는 아직 어딘가 멀리 있는 건지도 몰라. 내 목소리가 닿지 않는 장소에. 내 목소리 따위 들리지 않을지도 몰라. 그렇다면, 닿을 때까지 이렇게 소리칠게. 이 목소리를 크게, 울려 퍼지게 해서, 너에게 전달할게. 어딘가에 있는 네 손을 잡아끌고 여기까지 데려올 수는 없을지도 몰라. 그렇다면 목소리를 한껏 높여 네 이름을 불러서, 너를 끌어당길게. 메리. 메리. 메리. 메리. 메리. 메리. 메리. 메리. 메리. 메리. 메리. 메리. 메리. 메리. 메리. 메리. 메리. 메리.

"메리…!"

하루히로는 메리를 껴안은 팔에 힘을 주었다. 다시 한 번 메리의 이름을 부르려고 한다. 이미 목은 쉬었다. 목구멍이 찢어져도 좋아.
몇 번이든 불러줄게.

"읏…."

메리가 숨을 들이켰다. 지금까지 액상 물체를 토해내기만 했는
데. 메리는 기침을 했다.

"…하… 루?"

요란하게 기침을 하면서 분명히 메리는 그렇게 말했다.

하루.

하루였어?

—라고.

뭐가 하루히로였다고 메리는 생각한 걸까? 하루히로는 모른다.
하지만 그런 건 상관없다.

"응…! 나야, 메리. 하루히로야. 알지? 들리지? 메리. 돌아왔구
나. 메리! 메리…!"

메리는 끄덕였다. 아무래도 기침은 멎어가는 모양이다. 호흡은
아직 몹시 거칠다. 아무튼 메리는 의사 표시를 했다. 잘못 들을 수
가 없을 정도로 분명하게. 메리는 하루히로의 이름을 불렀다. 하루
히로가 한 말을 이해한다. 그렇다는 것은?

믿을 수가 없다.

아니, 믿어도 되는 거다.

이 마음을 어떤 말로 표현하면 좋을까? 신난다? 잘됐다? 어서
와, 라고 말해야 하나? 기다렸어. 목이 빠지도록 기다렸어. 돌아와
줘서 고마워. 보고 싶었어. 다 아니지만, 그것들을 전부 다 말해도
부족하다. 하지만 메리가 있어준다면 부족하지 않아.

우로오오오오웅! 루웅! 루오오옹! 우로오오옹! 루오오옹!

"—하루히로!" 쿠자크가 고함쳤다. "부르인지 하는 놈이…!"

"부르."

메리가 또렷하게 그렇게 발음했다. 일어나려고 한다. 하루히로는 반사적으로 말리려고 했다.

"메리, 아직…."

"그런 말 하고 있을 때가 아니야."

정말 그렇다. 아직인지 뭔지 그런 말을 하고 있을 만한 상황이 아니다. 하루히로는 메리를 일으켜주었다. 메리는 걸으려고 하다가 비틀거렸다. 가까이에 있는 격자에 헤드 스태프가 세워져 있다. 메리는 그것을 손에 잡고, "…장비는"이라고 중얼거리더니 낮게 신음하면서 머리를 흔들었다. "—방패가, 있는 게 좋아. 활도. 창고에 아직…."

"메리…?"

"빨리 가야 해."

메리는 몸을 웅크리고 시체라기보다 빈 껍질 같은 제시의 몸을 뒤졌다. 도대체 뭘 하고 있는 건가? 물어볼 틈도 없이 메리는 일어섰다.

"창고까지, 내가 안내할게. 바로 요 앞이니까. 따라와."

"어… 아, 응."

의문은 있었다. 하지만 하루히로는 이해했다. 그런 말을 하고 있을 때가 아니야.

세토라와 키이치, 그리고 유메와 시호루는 문가에 있었다. 쿠자크는 바깥이다. 조금 떨어진 곳에서 하얀 빛을 띤 대검을 겨누고 있다. 광마법, 세이버(광날)를 걸어둔 것이겠지.

우로오오오오오옹! 로오옹! 로옹! 우로오오오오오옹…!

가깝다. 부르의 울음소리가.

"크닷…!" 쿠자크가 외쳤다. 부르 말인가? 어디지? 하루히로에게
는 아직 보이지 않는다.

"빛이여, 루미아리스의 가호 아래… 프로텍션(빛의 수호)."

메리가 광마법을 썼다. 하루히로 일행의 왼쪽 손목에 빛나는 육
망성이 떠오른다.

쿠자크가 "이얍…!" 대검을 휘둘렀다. 하얀 빛이 번쩍이고… 흘
끗이지만 보인 것 같다. 부르. 저것이. 하지만 진짜로, 너무 큰 거
아니야…?

"쿠자…."

"우오오…?!"

부르로 짐작되는 그림자가 쿠자크를 삼켜버렸다. 아니, 덤벼들어
서 쓰러뜨린 건가? 하루히로는 한 발자국도 움직일 수 없었다. 유
메도, 시호루도, 세토라도 마찬가지였다.

메리뿐이었다. 하루히로 일행을 흘끗 보고는 메리가 달려간다.

"빛이여, 루미아리스의 가호 아래…." 메리는 쿠자크를 덮친 부
르를 향해서 눈부신 빛을 쏘았다. "플레임(구광, 灸光)…!"

"키용"이라는 듯한 울음소리를 내며 온몸을 떨던 부르의 모습이,
한순간이기는 하지만 이번에야말로 또렷하게 보였다.

그놈은 털북숭이였고 몸 색은 아마도 거무스름하다. 흑갈색이나
진한 회색이나 그런 색이다. 시체를 먹는 늑대. ─늑대라고? 저게
늑대? 어디가? 늑대는 저렇게 덩치가 크지 않은데? 좀 더 슬림하잖

아? 저건 너무 건장하지 않아? 머리 부분 형태는 개 비슷한 것 같기도 하다. 어쩌면 늑대 같은 느낌이었다. 하지만 전체적인 인상은 늑대와는 동떨어졌다. 늑대라기보다는, 저건 그렇다, 곰이다. 곰이라는 단어가 떠오르자마자 생각났다. 제시가 말했다. "사우전드 밸리의 안개표범 같은 것보다도 훨씬 큰 부르가 있다. 곰 같은 놈이"라고. —곰.

그랬다. 곰이라고 말했다!

"으아아아리얏…!" 쿠자크가 부르를 밀쳐내고 놈의 밑에서 기어나왔다. 그것과 거의 동시거나 그 직전이거나 직후에 메리가 헤드스태프를 최대치로 휘둘러서 부르의 안면을 때렸다. 부르는 겁을 먹은 것 같다.

메리는 "하루…!"라고 부르자마자 달려 나갔다. 창고인지 뭔지로 가는 건가?

"이동한다!"라고 입 밖에 내어 말하고 나서, 좋지 않아—라고 하루히로는 생각했다. 스스로 판단하지 않았다. 거의 돌아가는 형편에 맡겨 끌려가는 꼴이다. 이래서는 내 존재 의의는. 아니야, 존재 의의 같은 건 상관없지만.

"아아—젠장, 메리 씨, 고마워요. 다행이다…!"

쿠자크는 "타앗…!" 부르에게 칼을 한 번 휘두르고 나서 몸을 돌렸다.

"가, 다들! 어서 가!"

하루히로는 팔을 휘두르면서 끄덕였다. 세토라와 키이치가, 유메가, 시호루가, 그리고 쿠자크가 메리 뒤를 따라갔다. 하루히로는 쿠자크 뒤에 붙었다. 부르도 온다. 우로오오오오오오옹. 롱. 우로오오오오옹. 우룽. 우로오오옹. 여기저기에서 부르가 짖어댄다. 몇 마리 있는 건가? 몇 마리나 있는 거다. 저 곰 같은 놈이 몇 마리나 있다니. 아니, 다른 부르보다 아까 그 부르가 먼저다. 훗, 핫, 훗, 핫, 핫, 핫, 하앗, 핫, 핫. 숨소리가 쫓아온다. 아까 그 부르가 맹추격한다. 따라잡힌다. 놈이 덤벼든다. "─닛…!"

하루히로는 묘한 소리를 내면서 옆으로 몸을 날려 굴렀다가 일어섰다. 위험해─. 스쳤는데, 발톱인지 뭔지가! 부르는 우고고고고아아아아아 하고 불만스럽게 짖더니 커다란 몸을 뒤로 젖혀 부르르 떨면서 축적하고 있는 느낌? 그런가? 역시 위험해 위험해. 하루히로는 달린다. 전력 질주한다. 하지만 속도로는 도저히 이길 수 없을 것 같은 기분이. 봐. 이거 봐? 부르는 벌써 근처까지 쫓아왔다. 어두워서 잘은 보이지 않지만. 눈이 빛난다. 가깝다. 너무 빨라, 빠르다고. 당하겠어, 이거. "─이크…!"

간신히 도망치려고 했다. 타이밍이 늦었나? 정신이 들고 보니 밑에 깔려 짓눌리기 직전이다. 엄청난 짐승 냄새다. 숨을 쉴 수가 없다. 혹시 잡아먹히나? 먹히는 거야?

"우랴, 라아아앗…!"

쿠자크가 되돌아와서 하루히로를 잡아먹으려던 부르에게 일격을 날린 건가? 부르는 "고옷?!"하고 짖었지만 하루히로를 놓지 않는다. 쿠자크는 "야, 인마!"하고 더욱 부르를 검으로 내리쳤다. "뭐하는 거야? 하루히로한테! 비켜! 죽인다! 죽어라, 이 곰…!" 대검을 마구 휘두른다. 아니, 이놈은 곰이 아닌 것 같은데. 곰인가? 어느 쪽이든 상관없나? 마침내 부르가 하루히로 위에서 물러났다. 곧바로 쿠자크가 하루히로를 잡아끌어 일으켰다. "─하루히로, 괜찮아?!"

"응, 간신히….."

"위험해. 저놈, 벨 수가 없어. 털인지 뭔지가—웃…?!"

쿠자크가 튕겨나갔다. 부르가 다시 돌진한 것이다. 쿠자크는, 그러나 반사적으로 대검으로 방어한 모양이다. 간신히 쓰러지지는 않고 버텼다. 우로오오오오오오오오웅! 부르가 쿠자크에게 덤벼들려고 했다.

하루히로는 스틸레토를 뽑았다. 지금까지 무기를 들지조차 않았던 것이다. 뭐하는 거야? 나. 쿠자크에게 다시 돌격하려던 부르에게 달라붙어 스틸레토로 찔렀다. 찔러도 찔러도, 확실히 박히기는 박히고, 부르는 싫어하며 몸을 뒤틀었지만, 이거… 거의 효과가 없는 것 아니야? 털. 이 기름기 많은 딱딱한 털이 문제다. 끈적거리는 털 자체가 딱딱한 것이 아니라, 빽빽하게 층을 이루어 쿠션처럼 되어 있다. 스틸레토 정도의 길이로는 끝까지 찔러 넣어도 딱딱한 털의 쿠션을 돌파하는 것이 고작일 것이다. 이것은 궈렐라의 각피보다도 골치 아픈지도 모르겠다. 정석대로 눈과 그 주변을 공격하는 수밖에 없나? "…웃?!"

부르가 우고하아아아아아아아아아아아아아 하고 짖으면서 상체를 일으켰다. 뒷다리로 섰다. 진짜 이놈, 늑대가 아니라 곰 아니야? 라고나 할까, 일어서니 이놈, 진짜 크다!

"우오오?! 오오오오오…?!"

쿠자크는 혼비백산한 모양이다. 하루히로는 필사적으로 부르의 등에 달라붙었다. 하지만 부르가 고하아아아, 구오하아아아 짖으며 격렬하게 몸을 흔들어 버틸 수가 없었다.

안 좋아.

무리.

손에 힘이 들어가지 않아.

부르에게서 떨어져나가 날아간 곳은 땅바닥이 아니라 건물 벽이었다. 벽은 하루히로를 채 받아내지 못하고 부서져버렸다.

"…우욱…. 큭…."

어라?

밝은… 데?

"히야악!" 이것은… 유메 목소리?

하루히로는 벌렁 드러누워 있었다. 벽을 부쉈을 때 머리를 세게 부딪친 모양이다. 그 탓인지 아무래도 멍하다.

둘러보니 정말 유메가 있었다. 시호루도. 세토라와 키이치도. 아, 그렇구나. 창고. 여기가 창고였구나. 그렇구나. 하지만 불이 켜져 있고, 유메가 있고, 시호루가 있고, 세토라가 있고, 키이치가 있고, 물론 메리도.

"…아?"

기묘하다.

어떻게 된 영문인지 메리가 옷을 입지 않은 것처럼 보인다.

뭐지? 이건. 환상인가? 분명 환상이 틀림없다. 왜냐하면, 이런 곳에서 나체로 있을 리가 없잖아.

"하루…!"

메리가 날아온다. 물론 정말로 날아온 것은 아니다. 당연하다. 메리는 날지 못한다. 하지만 굉장히 빨랐다. 하루히로는 나체의 메리에게 안겨 몸을 일으키면서, 어쩌면 여기는 천국이 아닐까 생각한다. 없나? 천국 같은 건. 없겠지. 그렇다면 여기는 현실…?

"어이, 너!" 세토라가 메리에게 녹색 비슷한 색의 외투 같은 것을 던졌다. "최소한 이거라도 걸쳐!"

"헉…." 메리는 하루히로의 머리를 무릎 위에 올려놓은 채로 그 녹색 외투 비슷한 것으로 가슴 부근을 가렸다. "이, 이건, 그러니까, 흠뻑 젖었으니까, 옷을 갈아입으려던 참이라…."

"그, 그렇구나." 하루히로는 눈을 꼭 감았다. "…응. 나, 안 봐. 절대로."

"응냐! 쿠자쿵이…!"

"엄호, 해야지…!"

유메와 시호루가 뭔가 떠들어댄다. 아니, 뭔가가 아니야. 쿠자크는 혼자서 부르를 상대하고 있는 것이다. 그런데 나는? 나는 어때? 이거. 옷을 갈아입던 메리가 무릎베개를 해주고, 나는 이렇게 눈을 감고 있어도 되는 건가? 안 되지?

"저기, 저… 하루. 위는, 입었으니까."

"아, 응…."

하루히로는 눈을 뜨고 서둘러 몸을 일으켰다. 힐끔 메리를 본다. 메리도 일어서려고 했다. 분명히 녹색 외투를 입었다. 단, 맨다리다. 위는 입었다고 했었다. 혹시나 아래는 아직…?

머리를 흔들었다. 아래는 입지 않았다고 해도 그게 어쨌다는 거야? 무엇보다, 갈아입을 의류가 있다면 그야 갈아입겠지. 흠뻑 젖어 지독한 꼴이었으니까. 솔직히 하루히로도 갈아입고 싶을 정도다.

유메는 활을 들고 화살이 가득 들어 있는 화살 통을 어깨에 찼다. 세토라는 창을 들고 있다. 네모난 방패도 들었다. 시호루도 방패를 가슴에 품고 있지만 저건 자기가 쓸 것이 아니라 아마도 쿠자크에게 건네줄 것이겠지.

새삼 이렇게 보니 아담하긴 하지만 이 건물은 틀림없이 창고다. 앵글 랙에 검이며 창이 진열되어 있고 벽에는 방패가 몇 개 세워져 있다. 활이 있다. 화살이 있다. 선반에는 옷 같은 것이 놓여 있다. 내용물은 불명이지만 단지도 있다. 들보에 매달린 것은 램프뿐만이 아니다. 뭔가 잘 알 수 없는 다른 것들도 매달려 있다.

하루히로는 자기도 모르게 메리 쪽을 보고 말았다. 곧바로 눈을 피한다. 메리는 쪼그리고 앉아 외투 안에서 뭔가 주섬주섬하고 있다. 옷을 입고 있는 건가?

"으앗! 크앗! 차앗…!"

쿠자크가 혼자서 부르와 싸우고 있다.

"그, 그렇지!"

하루히로가 정신을 차리고 지시를 내리는 것보다도 빨리, 세토라가 "방패를!"이라며 시호루를 재촉했다. 시호루는 "네…!"라고 시원하게 대답하고는 하루히로가 부숴버린 벽 구멍으로 밖으로 나갔다. 유메도 뒤를 따라갔다.

하루히로는 왼손으로 자기 왼뺨을 찰싹 때렸다. 정신 차려. 유메 뒤를 따라간다. 세토라가 키이치를 데리고 따라온다. 앞을 보니 시호루가 "쿠자크 군…!" 외치며 방패를 던지는 참이었다. 방패가 쿠자크의 발밑에서 나뒹군다. 쿠자크는 방패를 흘낏 봤지만 그뿐이었다. 방패를 주울 여유는 없는 것 같다. 쿠자크는 부르에게 접근해서 "으랴아앗…!"하고 대검을 크게 휘둘렀다. 대검은 부르의 왼쪽 어깨에 맞았는데, 역시 벨 수는 없었다. 쿠자크는 대검을 뽑고, "차아

…!"하고 내리친다. 부르는 정수리에 대검을 맞았으나 비틀거리며 물러선 것뿐이다. 가공할 만한 딱딱한 털 쿠션. 어떻게 하면 되는 거야?

"멍청한 놈. 베는 게 아니라 찔러…!"

세토라는 그렇게 호통친 것뿐만이 아니었다. 부르를 향해 질주했다. 창을 내질러 놈의 목덜미에 찔러 넣는다. 놀랍게도 이것이 확실하게 박혔다. 세토라는 미련 없이 창을 손에서 놓고 펄쩍 뛰어 물러났다. "계속 밀어붙여, 멍청이…!"

"응라아아아아아아아…!"

쿠자크가 부르에게 돌진한다. 전투 본능을 한꺼번에 해방시켜 공격할 때의 쿠자크는 좀 무서울 정도로 격렬하다. 쿠자크는 몸을 날려 똑바로 부르에게 부딪쳤다. 대검이 부르의 가슴팍에 깊이 박힌다. 놀랍게도 그때에는 이미 세토라는 창고로 되돌아간 모양이다.

"하루!" 불려서 돌아보니 창이 날아왔다. 왜? 라는 의문이 들었으나 하루히로는 반사적으로 창을 받았다. 그리고 세토라는 "너도다, 사냥꾼!"이라며 유메에게도 창을 던져주고 자기도 한 자루 들었다. "자…!"

자신은 얼이 빠져 있고, 굼벵이에다, 무능하고, 쓸모없고, 대책 없는 놈이라고 생각하면서 하루히로는 스틸레토를 집어넣고 창을 들었다. 아마도 창 같은 건 써본 적이 없던 것 같다. 그래서 뭐? "쿠자크, 일단 물러나!" 외치면서 세토라와 유메와 앞을 다퉈 돌격했다. 특히 쿠자크의 찌르기가 상당히 효과가 있었던 것 같다. 부르는 완전히 엉거주춤하고 있다. 하루히로의 창이, 세토라의 창이, 그리고 유메의 창이 놈을 꼬치처럼 꿰어버린다—고 말해버리면 좀 과장인지도 모르지만, 창은 근사하게 세 자루 다 박혔다. 부르는 몸을 뒤로 젖히고 벌렁 자빠지기 직전에 몸을 틀어서 모로 쓰러졌다. 놈으로서는 엎드리고 싶었던 건지도 모른다. 하지만 목덜미며 가슴에 박힌 네 자루의 창과 쿠자크의 대검이 방해가 된 모양이다.

"비켜…!"

일단 후퇴했던 쿠자크가 부르에게 맹렬하게 덤벼든다. 대검을 뽑아내고 곧바로 다시 꽂는다. 관통했다. 입이다. 쿠자크는 대검을 부르의 입속으로 쑤셔 박았다. 그뿐만이 아니다. "끄으으앗…!"하고 대검을 비틀어 힘껏 치켜 올린다. 대검은 부르의 머리를 안쪽에서부터 동강을 냈다. 아무리 터프한 짐승이라도 저건 치명상이겠지.

하루히로는 가슴을 쓸어내렸다. 어설퍼—라고 야단치는 것처럼, "키이치…!"하고 세토라가 회색 냐아에게 뭔가 명령했다. 정말 어설프다. 스스로도 어떻게 되어버린 것 아닌가—라는 생각이 안 들 수가 없을 정도로 너무나 어설프다. 아직 여기저기에서 부르들이 우로오오오오옹 우로오오오오옹 짖어대고 있지 않은가. 아무것도 끝나지 않았다. 극복하지 않았다. 타개하지 않았는데, 안도해서 어쩔 셈인가?

메리가 오른손에 헤드 스태프, 왼손에 램프를 들고 창고에서 나왔다. 녹색 외투를 걸친, 전혀 신관답지 않은 그 모습이 신선해서 하루히로는 눈길을 빼앗길 것 같았다. 그런 자신이 어이없어 견딜 수가 없다. 정말로 어떻게 되었나봐. 리더다운 일은 전혀 못하고 있고. 오히려 세토라가 훨씬 리더답지 않아? 혹시나 슬럼프라는 거? 그런가…?

아니야, 뭐가 슬럼프야? 애초에 리더의 그릇이 아니었다. 훌륭한 리더였던 적이 없는 것이다. 그래도 하는 수밖에 없으니까, 내가 할 수 있는 일을 할 수 있는 범위에서 최대한 하지 않았던가? 슬럼프라고 한다면 만년 슬럼프 같은 것이다. 슬럼프에 빠진 상태가 보통이고, 분명 평생 헤어 나오지 못할 것이다. 둔감한 나름대로 생각해라. 세토라는 키이치에게 뭔가 명령했다. 키이치는 어딘가로 움직이는 모양이다. 세토라는 아마도 키이치에게 탈출 루트를 찾게 할 생각인 거다. 메리가 램프를 들고 있다. 괜찮은 건가? 빛이 눈에 띌 것 같은데. 하지만 부르는 야행성이겠지. 상대는 어둠 속에서도 눈이 보인다. 우리는 보이지 않으니까 어두운 쪽이 불리하다. 불빛은 있는 게 좋다. 아무튼 도망친다. 여기를 벗어나야 해. 나는 똑똑치 못한 리더로서 모르는 일, 못하는 일이 압도적으로 많고, 그렇다고 해서 약한 소리만 할 수는 없고, 혼자서 타개할 수 없다면, 그렇다, 모두의 힘을 빌리면 된다.

"세토라! 어디로 가면 돼?!"

"기다려."

세토라는 쉿 하고 이빨 사이에서 날카로운 소리를 발했다. 눈을 감고 목을 돌렸다. 희미하게 냐아―라는 울음소리가 들렸다. 어느 방향에서 들린 건가? 하루히로에게는 판단이 서지 않았다. 세토라는 알아들은 모양이다. 눈을 뜨고 왼쪽을 가리켰다.

"우선 이쪽이다. 꼭 안전하다고는 단언할 수 없지만…."

"충분해. 쿠자크, 선두에!"

"넵…!" 쿠자크는 방패를 버리고 끄덕였다.

"세토라는 내 옆에서 길 안내를 부탁해."

"그래, 알았다."

"유메, 뒤에 붙어!"

"웅냐!"

"메리는⋯." 말을 더듬을 것 같다. 울어버릴 것 같다. 울어서 어쩌려고? 여느 때처럼 하면 돼. 여느 때와 같은 말을 메리에게 전할 수가 있다니. "⋯시호루를 지켜줘, 유메 앞에서!"

메리는 곧바로 "웅!"이라고 대답했다.

"⋯시호루, 마법은 보존해둬. 무슨 일이 있을지 모르니까."

반쯤 울음 섞인 목소리가 되어버렸다.

"⋯웅!" 짧게 대답한 시호루의 목소리도 젖어 있다.

"좋아, 가자!"

하루히로 일행은 달리기 시작했다.

부르의 짖는 소리가 들린다. 이리저리 움직이는 것 같은 기척도 느껴지는데, 도대체 어느 정도 숫자의 부르가 어디에 있는 건가? 전혀 파악할 수가 없다.

세토라가 빈번하게 "이쪽이다!"라거나 "그쪽으로!"라고 지시를 내린다. 하루히로는 그저 그것을 따르기만 하면서 무력감에 온몸이 뒤틀리는 것 같은 괴로움을 느꼈다. 그래도 줄곧 그랬었잖아—라며 뻔뻔하게는 굴 수는 없지만, 견디는 것 정도는 할 수 있다. 돌이켜보면, 좋은 느낌으로 잘 풀릴 때도 그리 없지는 않았다. 설령 좋은 결과를 냈더라도 자신이 백점 만점인가 하면 그렇지는 않고. 좀 더 이렇게 할 걸—이라거나 저렇게 해야 했는데 도저히 할 수 없었다거나, 이것은 내 안 좋은 점이니까 고쳐야지—라고 생각하면서도 귀찮아하거나 막상 결단을 못 내리곤 했다. 본인이 채점한 평균점은 50점도 채 되지 않을 정도. 47~48점쯤 된다.

"나갈 수 있을 것 같다…!"

세토라가 그렇게 말해서 이런 때야말로 마음을 다잡아야 한다고 하루히로는 생각했다. 너, 그렇게 살아서 즐겁냐? 바보 란타의 목소리가 들린 것 같아서 오한이 들었다. 즐거운지 아닌지로 따지자면, 엄청 즐거운 건 아닌지도 모르지만. 이래 봬도 의외로 약간은 즐거워. 란타, 너는 모르겠지만. 나처럼 살면, 급격하게 위로 쑥 올라가거나 맹렬하게 추락하거나 하지는 않아. 하지만 사소한 일로 나름대로 기뻐지기도 하고 슬퍼지기도 해. 재미없는 삶이라고 누군가가 비웃어도 상관없어. 어쩔 수 없어. 이게 나니까. 나는 나로서 살아가는 수밖에 없으니까.

아무래도 컨디션이 좀 회복된 모양이다. 메리 건이 있어서 자신답지 않게 마음의 균형을 잃었었다. 하지만 아무튼 메리가 돌아와줬고 쿠자크도 유메도 시호루도 그리고 세토라와 키이치도 건재하다. 행운이라고 생각해야 하겠지. 명색이 리더인 하루히로가 쓸모가 없어졌던 것이다. 그 사이에 더욱 비참한 사태가 되었어도 이상할 것은 없었다.

나는 백점 만점에 50점이면 됐어. 40점대라도 뭐 나쁘지는 않아. 60점대는 너무 과하다. 40점 미만은 가급적 받지 않도록 한다. 나 자신은 50점 전후지만 모두에게는 가능하면 60점, 70점을 받게 해주고 싶다. 어떻게든 60점 이상의 파티를 목표로 한다. 그것을 위해 공헌한다. 그것이 하루히로에게 있어서 리더로서의 임무다.

분수를 알아. 무리해서 애쓰지 마. 균형을 잃고 넘어져버리면 밑천도 건지지 못하는 거다. 아무튼 침착해. 봐라. 들어라. 느껴라. 쓸 수 있는 것은 전부 써라. 특히 머리를 써라. 같은 일을 반복하는 데

있어서 발전이 없더라도 지치지 마. 지치지 말고 계속 해. 내가 한 걸음, 또 한 걸음 전진하는 것보다도 중요한 일이 있다. 동료를 앞으로 나아가게 해라. 뭔가 큰일을 하겠다거나 대단한 녀석이라고 인정받고 싶다거나 하는 야심은 좀 더 있어도 되지 않을까? 그런 생각을 스스로도 하지만, 결국 자신에게는 거의 없는 것이다. 새로운 경치를 보고 싶다, 높은 곳에 서서 멀리까지 둘러보고 싶다, 그런 욕망과도 인연이 없다.

하지만 동료를 위해서라면 나름대로 힘을 낼 수 있다.

그런 자신은 싫지 않다. 동료를 위해서 최선을 다한다. 그것이 축이다. 잃어버리면 걸어갈 수 없다. 걷지 못하는 정도가 아니라 서 있을 수도 없게 된다.

마을을 나가 밭으로 들어서자 곧바로 키이치가 합류했다. 우로오오오웅. 로오오웅. 우로오웅. 로오오오오웅. 부르가 짖는 소리는 뒤쪽에서 들린다—고 하루히로는 생각하는데, 틀림없이 그렇다고는 말할 수 없다. 하지만 그 생각이 맞는다면 이대로 도망칠 수 있다. 부디 그러길 바란다.

"키이치!" 세토라가 다시금 키이치를 풀어준다. 키이치는 하루히로 일행이 가는 앞으로 달려갔다. 정면 방향에 부르가 있으면 키이치가 알려주겠지.

"한두 마리라면 해치울 수 있어!" 쿠자크는 숨을 거칠게 쉬면서도 용감하다.

"메리, 램프를 꺼!"

하루히로가 그렇게 말하자 메리는 곧바로 "알았어!"라며 램프 불을 껐다. 부르들은 밤눈이 밝다. 그렇다고 시야가 트인 밭에서 환하게 램프를 켜놓는 것은, 여기에 먹잇감이 있습니다—라고 가르쳐주는 거나 마찬가지다.

구름이 많아서 달은 나오지 않았다. 별도 적었다. 숨이 막힐 것 같은 어둠이다. 그래도 눈이 익숙해지니 곁에 있는 동료의 윤곽 정도는 보이게 되었다.

부르의 울음소리는 가깝지는 않다. 멀어졌다. —그렇게 생각한다.

"시체를 찾아다니니까…." 세토라가 중얼거렸다. 부르를 말하는 거겠지. 부르는 애초에 하루히로 일행 같은 산 먹이에는 그렇게까지 흥미가 없고 집착하지 않는 건지도 모른다. 그러면 좋겠다. 사실 이것은 어디까지나 바람이니까 방심할 수는 없다.

"유메는 있지, 이제 주변에는 없는 것 같아!"

그래도 유메가 그렇게 느낀다면 그게 맞는지도 모른다. 아니, 아니야. 긴장을 풀면 안 된다. 신중하게. 차라리 너무 조심스러운 정도가 좋다.

"시호루?! 피곤하지 않아?!"

고개를 돌려도 잘 보이지 않아서 물어보니 시호루는 "…아직, 괜찮아!"라고 대답했다. 곧바로 메리가 "괜찮아!"라고 덧붙인다. 만약 시호루가 한도를 넘어 무리를 하는 기색이라면 메리는 괜찮다고 말하지 않고 말리겠지.

세토라가, 훗 하고 웃고, "너희는…"이라고 뭔가 말하려다가 입을 다물었다.

"어? 뭐?"

물어보자 세토라는 "아니다"라며 고개를 저었다.

쿠자크의 발걸음이 무겁다. 상당히 힘든 것 같다. 이제 와서 할 말은 아니지만. 특히 쿠자크는 계속 힘들었을 것이다. 푹 쉬게 해주고 싶다. 하지만 아직이다. 잠시 후에 쉬더라도 지금은 아니다. 그렇다고 쓰러져도 곤란하다.

"페이스를 늦추자."

"…넵!"

쿠자크는 달리는 것을 멈추고 큰 걸음으로 빨리 걷기 시작했다.

부르가 짖는 소리는 이제 꽤 멀다. 이건 괜찮지 않을까?

후웃—힘껏 숨을 내쉬었다. 틈만 있으면 정신을 빼려고 한다. 이 나약함이 제일 큰 적이다.

최대의 적은 자기 자신. 이렇게 약한 나인데 적으로 돌리면 꽤 무섭다는 것은 참으로 아이러니다.

란타가 떠오를 것 같아져서, 지워버린다. 왜 그런 녀석을. 이제 동료가 아닌데. 하지만 —나는 그렇게 생각하지 않는 건가? 그 녀석이 완전히 배신했다고는, 믿지 않는다.

잊자. 적어도 이런 때 그런 녀석을 생각해봤자 별수 없다.

느긋하게 쉬고 싶다. 정말로, 진심으로, 푹, 느긋하게 지내고 싶어. 뭔가 맛있는 것을 먹고, 푹 자고. 하루라도 좋아, 아니, 한나절이라도 좋으니까, 그런 시간을 보내고 싶다. 황당한 사치다. 알고 있어. 꿈꾸는 것조차 지금은 집어치워.

"쿠자크."

"넵."

"세토라."

"응."

"시호루."

"…응."

"메리."

"응."

"유메."

"웅냐."

"—좋아."

지쳤어?

허세는 무의미하다. 지쳤다. 자각해두는 편이 좋다. 하지만 더 할 수 있다.

언제까지 계속 걸어가면 돼? 날이 밝을 때까지? 버틸 수 있을까?

계산하고, 예상하고, 계획해야 한다. 확실한 비전을 세우는 것은 어렵다. 그렇다고 해서 그때그때 닥치면 해결하는 방식은 최악이다.

"그보다, 동쪽으로 가고 있는 건가…?"

물어보니 유메가 "북동인가? 좀 동쪽으로 기울어졌는지도?"라고 가르쳐주었다.

어느 쪽이든, 머지않아 산에 발을 들여놓겠지. 그전에 한 번 휴식을 취하는 것이 좋을까? 부르는 십중팔구 이 부근에는 없다. 쉬자. 지금 이틈에 미리 말해둬야 하나? 집중력이 떨어지면 좋지 않으니 그때가 되면 말하는 게 적당할지도 몰라.

우냐아아아아아아아아아아아아아웅…!

갑자기 키이치의 것으로 짐작되는 목소리가 들려 세토라가 뛰기 시작했다.

뭔가 예측하지 못했던 사태가 발생한 것이다. 하루히로는 반사적으로 "세토라, 기다려!"라고 말렸다. 세토라는 멈추지 않는다. 벌써 보이지 않게 되었다. 내버려둘 수는 없다.

"당황하지 마! 준비하고 나서, 간다…!"

하루히로는 스틸레토를 뽑아 쿠자크를 추월해서 세토라를 쫓았다. 앞쪽에 뭔가가 있다는 것은 금방 알았다. 보인다기보다, 느껴진다. 처음에는 땅바닥이 솟아오른 것이 아닐까 생각했다. 작은 언덕이라도 있는 것 아닐까?

캬아오! 캬아아! 우냐아아아…!

키이치가 절규한다. 고양이가 싸울 때 내는 것 같은 무서운 소리다.

언덕이 움직였다―그런 느낌이 들었다.

"키이치, 물러나…!" 세토라가 외쳤다.

"하루히로?! 뭐가…."

쿠자크가 쫓아왔다. 하루히로는 어느샌가 멈춰서 있었다.

"몰라. 하지만…."

NNNNNNNNNNNNNNNNNNNNNNNNNNNNNNNNNNNN…

땅울림 같은 중저음이 다가왔다. 뭐가 뭔지 짐작도 못하겠지만, 틀림없다. 이론은 각설하고 명언할 수 있다. 이것은 위험한 놈이다.

"후, 오오옷…!"

유메는 눈이 좋으니 하루히로와 달리 놀랄 만한 것이 보이는 건지도 모른다.

시호루는 "마…"라고만 말했다. 마법이 어쨌다는 등을 말하려고 한 건가?

"이것, 은⋯."

메리의 경악하는 방식이 의미심장했다. 어째서 하루히로는 그렇게 느낀 것일까?

"⋯잘은 모르지만." 쿠자크가 중얼거렸다. "여기 오기 전의 세계란 건, 절대로 이러지 않았었지. 정말, 그림갈이란⋯."

NNNNNNNNNNNNNNNNNNNNNNNNNNNNNNNNNNN
NNNNNNNNNNNNNNNNNNNNN⋯.

왔다. 뭐가 오는 건가? 모른다. 모르는데 어떻게 대처하면 좋은 건가? 알 리가 없다. 하지만 대처하지 않을 수도 없다. 지독한 이야기다. 쿠자크의 말을 따라 하는 건 아니지만, 그림갈은 이러니까 정말로 싫어진다. 하지만 싫든 좋든 하루히로 일행은 살아 있는 것이다. 여기에서 살아 있다. 이 그림갈에서. 눈을 감고 움직이지 않는 메리의 모습이 뇌리를 스쳤다. 그것만으로도 심장이 산산이 부서질 것 같다. 그런 일은 두 번 다시 싫다.

"후퇴해!" 하루히로는 뒷걸음질 치면서 소리 높여 외쳤다. "흩어지지 마!"

NNNNNNNNNNNNNNNNNNNNNNNNNNNNNNNNNNN
NNNNNNNNNNNNNNNNNNNNNNNNNNNNNNNNNNN
NNNNNNNNNNNNNNNNNNNNNNNNNNNNNNNN⋯.

뭐야? 뭔가가 오고 있다. 그것은 틀림없다. 뭐가 와? 단서라도 있다면.

"다크⋯!" 시호루가 엘리멘탈 다크를 소환한 모양이다. 유메는 "웃!" 외치며 화살을 쏜 건가? 맞았나? 어때? NNNNNNNNNNN
NNNNNNNNNNNNNNNNNNNNNNNNNNNNNNNNNNN

NNNNNNN…. 메리가 괴로운 듯한 목소리로 뭔가 말했다. 아마도 "세카이슈…"인지 뭔지. NNNNNNNNNNNNNNNNNNNNNNNNNN NNNNNNNNNNNNNNNNNNNNNNNNNNNNNNN. 세카이슈. 저것의 이름인 건가? 하지만 어째서 메리가 저런 놈의 이름을? 그런 건 아무래도 상관없어. 하루히로는 펄쩍 뛰어 물러섰다. 발가락에 뭔가가 닿은 듯했던 것이다. 아니, 듯했던 게 아니다. 분명히 뭔가가 닿았다. "─밑에서도 온다!" 하루히로는 경계를 촉구하면서 눈을 부릅뜬다 NNNNNNNNNNNNNNNNNNNNNNNNNNNNNNNNN NNNNNNNNNNNNNNNNNNNNN 젠장, 보이지 않아 NNNNNN NNNNNNNNNNNNNN 도대체 뭐야? 저거 NNNNNNNNNNNNN NNNNNNN 그저, 점점 밀어닥친다, 그것은 알아 NNNNNNNNN NNNNNNN 느껴지는 거다, 절절히 NNNNNNNNNN 그것은 물체이면서 물체가 아닌 것 같고 NNNNNNNNNN …마음까지 잠식당할 것 같은 NNNNNNNNNNNNNNNNNNNNNN …아니야, 현혹되지 마. 또 발가락에 뭐가 닿았다. 하루히로는 홱 물러서지 않았다. 도망치지 않고 그것을 밟았다. 딱딱하지는 않다. 부드럽지도 않다. 밟으면 밟히긴 하지만 한없이 계속 가라앉아, 빨려들고 말 것 같았다.

결국 하루히로는 발을 빼고 펄쩍 뛰어서 물러났다. 위험했던 것 아닌가? 방금. 그대로 계속 밟았으면 어떻게 되었을까? 그렇긴 해도 물체였다. 위험한 놈이든 뭐든, 만질 수 있다. 분명히 실체가 있다. 또 발가락에 닿았다. 하루히로는 그것을 차버렸다. "겁내지 마! 그냥… 그냥 이상한 괴물이다…!"

"우하하핫!" 쿠자크가 웃었다. "─빛이여, 루미아리스여, 내 칼에

가호의 빛을 깃들여주소서…!" 칼끝으로 육망성을 그리자 대검이 빛을 두른다. 쿠자크가 대검을 휘두르자 뭔가 검은 덩어리가 흩어졌다. 그것은 마치 거대한 송충이 같았다. 하루히로는 "이런 것, 그냥 송충이야…!"라고 고쳐 말하고, 무엇보다 자기 자신에게 그렇게 일렀다. 송충이다. 단순한 송충이인 것이다. 송충이니까 징그럽다. 어쩌면 독이 있거나 할지도 모르고, 조심해야 하지만, 무턱대고 겁먹을 건 없다. NNNNNNNNNNNNNNNNNNNNNNNNNNNNNNN… 이 NNNNNNNNNNNNNNNNNNNNNNNNNNNNNNN…은 뭔가? 마음에 걸리지만, 분명 알 수 없을 테니까 궁금해도 별수 없다. 하루히로는 밀려오는 송충이를 발로 찼다. 조금씩 물러서면서 기분 나쁜 감촉의 송충이를 차고, 차고, 또 찼다. 쿠자크는 후퇴하지 않고, "우랴아아아아!" 대검으로 호쾌하게 송충이를 베었다. 유메도 칼을 쓰고 있는 모양이다. 메리는 헤드 스태프를 휘두르고 있나? 세토라와 키이치는 어떻게 하고 있는 걸까? 확인할 수 없다. 시호루가 "가라, 다크…!"하고 다크를 쏜 모양이다. 효과가 있는지 어떤지. 하지만 어쨌든 이 NNNNNNNNNNNNNNNNNNNNNNNNNNN NNNNNNNNNNNNNNNNNNNNNNNNNN이 시끄럽다. 내 귀 깊숙한 곳, 머리 중심 부근에서 금속의 구체 같은 것이 진동하여 NNNNN NNNNNNNNNNNNNNNNNNNNNNNNNNNNNNNNNNNNNNNN NNNNN 하고 낮게 울리고 있는 것 같은 독특한 소리다. 몇 십 번째인가 송충이를 차낸 직후, 하루히로는 코피가 난다는 사실을 깨달았다 NNNNNNNNNNNNNNNNNNNNNNNNNNNNNNNNNNNN NNNNNNNNNNNN 뭐지? 안구 안쪽이 뜨거운 것 같은, 아픈 것 같은 NNNNNNNNNNNNNNNNNNNNNNNNNNNNN 쿠자크가 갑자기, "—꾸웨엑!"하고 뭔가를 토하더니 무릎을 꿇어버릴 것 같은 자세로 대검을 휘둘러 송충이를 베었다 NNNNNNNNNNNNNNNNNNNN눈물이, 아니, 이것은 눈물이 아니라NNNNNNNNNNNN피인가? 피가 난다. 눈에서NNNNNNNNNNNNNNN하루히로는 쿨럭거렸다NNNNNNNNN현기증이 나고NNNNNNNN붙잡혔다NNNNNNNNN오른발을NNNN송충이에게NNNNN하루히로는 엉덩방아를 찧었다N NNNN이거NNNNN위험NNNNN희한하게 차가운, 것 같은NNNN오른발이 없어져버린NNNNNN것 같은NNNNNNNN세카이슈N NNNNN라니NNNNNNNNNNNNNNNNNNNNNNNNNNNNN아니야, 안 된다, 안 된다, 안 돼NNNNN왼발로 송충이를 차고, 차내고, 오른발에서 송충이를 차서 떼어내고, 기어서, 도망친다. 도망가지 않으면. 삼켜져버려.

"다크…!" 시호루가 부른다. 다크가 우오오오오오옹 이음을 발하며 수축하면서 나아가는 그 궤적이 하루히로에게도 보였다. 다크는 송충이의 본체랄까, 근원이랄까, 송충이의 언덕 같은 것에 처박힌 것 같다. 그래도 약간은 예의 NNNNNNNNNNNNNNNNNNNNN NNNNNNNNNNNNNNN이라는 음이 강해진 느낌이 드는 정도였고, 그것 말고는 아무 일도 일어나지 않았다. "오오오오오오오오오오오…!" 쿠자크는 하루히로보다 5~6미터 전방에서 대검을 종횡무진으로 휘두르며 고군분투하고 있지만, 송충이에게 점점 에워싸이고 있다. "—안 돼! 이대로는…!" 메리의 목소리는 거의 비명에 가까웠다. "뛰어! 전속력으로! 거리를 벌려…! 내가…!"

메리가 뭘? 어째서 메리가? 위화감과 의혹을 던져버리고 하루히로는 발길을 돌리려고 했다. 쿠자크. 쿠자크가 움직이려고 하지 않는다. 메리의 목소리가 들리지 않았던 건가? 메리든 유메든 세토라든 누구든 좋아, "—시호루를…!" 지켜줘, 부탁이야. 마음속으로 외치며 하루히로는 쿠자크를 향해서 달렸다. 송충이를 밟아 뭉개고, 밟고 뛰어넘고, 떨치고, 헤치면서, "쿠자크! 물러나라니까, 쿠자크…!" 쿠자크가 이쪽을 보더니 "앗, 미안…!" "빨리…!" "넵…!" 송충이가, 엄청난 숫자, 아니, 엄청난 양이라고 말하는 게 나을까? 송충이가 이쪽에서도 저쪽에서도 밀려오는 가운데 하루히로는 달린다. 쿠자크도 맹렬하게 달린다. 송충이가 몸에 달라붙으면, 그 부분이 차가워진다. NNNNNNNNNNNNNNNNNNNNNNNNNNNNNNN NNNNNNN이라는 저 소리가 강해진다. 송충이를 간신히 물리치고, 털어버리고, 죽기 살기로 달린다. 송충이의 침공 속도는 그리 빠르지 않다. 그것만이 유일한 구원이다. 그러니까, 이 정도면 어떻게 물리칠 수 있을 것 같다고는 전혀 생각하지 않았지만, 어쩌면 떨쳐버릴 수 있을지도 몰라. 저건 누구지? 아마도 유메 같은데. 손을 흔들고 있다. 그 옆에 분명 시호루도 있다. 세토라는 키이치를 안고 있는 건가? 그리고, 메리. 메리. 메리가. "—데름 헬 엔 사라스 트렘 리그 아르부…!"

"오옷…?!"

"왓…?!"

오옷은 하루히로고 왓 쪽이 쿠자크였겠지. 하루히로와 쿠자크는 거의 동시에 고꾸라졌다. 왜냐하면 엄청난 열풍이 뒤에서 불어왔는데, 정말로 굉장히 뜨거웠다. 열풍이라기보다 차라리 폭풍이라고 하는 게 적절할지도 모른다. 하루히로는 간신히 앞으로 굴렀다가, 일어나자마자 돌아보고 "앗 뜨거…!" 얼굴이 탔다. 아니, 타지는 않앉는지도 모르지만, 가볍게 덴 것 아닐까 생각될 정도의 열을 느끼고 아플 정도였다. 불기둥이라고 부르기에는 너무나 크다. 화염의 벽이랄까, 단애절벽이 우뚝 솟아 있는 것 같다. 마법. 아르부 매직이겠지. 하지만 시호루의 마법이 아니다. 시호루는 요즘 다크밖에 쓰지 않는다. 무엇보다 시호루는 아르부 매직을 한 개도 습득하지 않았다.

쿠자크가 "앗 뜨뜨뜨뜨뜨…!"라며 상당히 빠른 속도로 포복 전진했다.

하루히로는 일어섰다. 뜨겁다. 불꽃의 절벽에서 불똥이 휙휙 날아온다. 뜨거운 정도가 아니다.

하루히로는 스틸레토를 칼집에 넣고 손으로 얼굴을 가리면서 비틀거리며 동료들 쪽으로 걸었다.

시호루는 몸을 웅크리고 불꽃 절벽을 응시하고 있다. 멍해진 것 같다.

"…블레이즈 클리프(대염 절벽)"라는 말이 시호루의 입에서 흘러나왔다.

분명 마법의 이름이겠지. 하지만 그 아르부 매직을 쓴 사람은 시호루가 아니다.

유메가 옆에 있는 메리를 쳐다본다. 곧바로 다시 시선을 피했다. "나는…."

메리는 고개를 숙이고 왼손으로 이마를 눌렀다.

"…나는. —세카이슈는. 배제. 이 정도로. …나는. 할 수 없어. 그러니까, 내가. 마법. 내. —가, 마법, 을. 지금, 이 틈에. 나…."

세토라는 키이치를 꼭 껴안고 있었다. 몸을 굽혀 회색 냐아를 바닥에 내려준다.

"신관. 그 세카이슈라는 건 뭐냐?"

"…세카이, 슈." 메리는 어물거렸다. "—나, 는…."

몰라, 라고 힘없는 목소리가 뒤를 이어 나왔다가 사라졌다.

하루히로는 자기도 모르게 우두커니 서 있었다. 마치 어찌할 바를 모르는 것처럼.

나는 몰라. 메리는 그렇게 말했다. 세카이슈. 그 낯선 단어를 분명히 입으로 말했으면서. 메리는 마법을 사용했다. 블레이즈 클리프. 아르부 매직을. 그 마법을 보는 것은 분명 두 번째다. 첫 번째는 마을에서 제시가.

메리는 모른다.

광마법이라면 몰라도 아르부 매직 같은 것은 신관인 메리는 쓰지 못할 터이다.

"이틈에 도망쳐야 해."

하루히로는 목소리가 떨리지 않도록 세심한 주의를 기울였다. 그리고 메리에게 다가가서 오른손을 내밀었다. —각오는 되었나?

자신은 모든 것을 인정한다.

받아들이고, 수용한다.

"가자, 메리."

메리는 얼굴을 들었다. 끄덕일 때까지 기다릴 마음은 없다. 하루히로는 메리의 손을 잡았다.

응. 물론. 각오는 되어 있어.

하루히로는 메리의 손을 잡아끌고 걷기 시작했다.

우선은 블레이즈 클리프에서 멀리 떨어진다. 세카이슈인지 뭔지 모르겠지만 영문 모를 괴물로부터도 도망친다. 그리고 동쪽을 향한다. 동쪽으로 가면 바다가 있을 것이다. 바다에 다다르면 분명 어떻게든 될 것이다.

— 다음 권에 계속 —

작가 후기

어떠셨습니까? 「재와 환상의 그림갈」 11권.

벌써 11권입니다.

아직 11권인가?

저로서는 제1관문이랄까, 여기는 반드시 넘어가야 한다고 정했던 부분을 간신히 넘겼기 때문에 지금은 다소 안도하고 있습니다.

아니, 그렇지도 않은가? 아직 멀었네요.

사실을 말씀드리자면, 원래 계획대로라면 하루히로 일행은 이미 오르타나—랄까, 적어도 오르타나 근처까지는 돌아갔어야 했습니다.

하지만 어째서인지 그렇게 되지 않았고, 덕분에 즐거운 소풍이 조금 더 이어질 것 같습니다.

솔직히 원고를 쓰느라 힘이 빠져버렸습니다만, 이것만은 말씀드리겠습니다.

다음 권은 분명 밝고 즐거운, 훈훈한 모험 이야기가 되지 않을까 생각합니다.

그럼, 담당 편집자이신 하라다 씨와 시라이 에이리 씨, KOME-WORKS의 디자이너님, 그 외 이 작품의 제작과 판매에 관여하신 분들, 그리고 무엇보다도 지금 이 작품을 선택해주신 여러분들께 진심으로 감사와 가슴 한가득 사랑을 담고 오늘은 이만 펜을 놓겠습니다.

또 만나 뵐 수 있다면 기쁘겠습니다.

주몬지 아오

역자 후기

10권의 충격적인 엔딩 후에 11권이 나올 때까지 너무 오랜 기다림이 아니어서 다행이라고 생각합니다.

어느덧 11권이로군요.

작가님 머릿속으로 어느 정도 분량을 생각하시는지는 모르지만, 긴 장편의 독자라는 입장은 때로는, 작품 속의 시간은 멈춰 있는데 내 시간만 흐르는구나—라는 생각을 하게 되는 것 같습니다.

매회 새로운 에피소드를 기다리며 등장인물들을 보는 즐거움이 오래 이어졌으면 좋겠다는 마음이 드는 작품이 있는가 하면, 결말을 서둘러 보고 싶은 작품도 있습니다. 저에게 있어서 「재와 환상의 그림갈」은 양쪽 다에 해당합니다.

결말이 몹시 궁금한 작품이지만, 작가님께서 하시고 싶은 이야기를 충분히 다 풀어놓으신 후에 유의미한 마무리를 지으시기를 진심으로 바라며 느긋하게 기다리겠습니다. 여러분들도 끝까지 함께해 주십시오.

2017년 연말
이형진

재와 환상의 그림갈 level. 11
그때 각자의 길에서 꿈을 꾸었다

2018년 1월 8일 초판 인쇄
2018년 1월 15일 초판 발행

저자 · AO JYUMONJI
일러스트 · EIRI SHIRAI
역자 · 이형진
발행인 · 안현동
편집인 · 황민호
출판사업본부장 · 박종규
책임편집 · 성명신 이수민 장연지
마케팅본부장 · 김구회
마케팅 · 이상훈 김학관 김종국 반재완 이수정 임도환
국제업무 · 이주은 김준혜 오선주 장희정 박경진 위지명 김부희
제작 · 심상운 최택순 성시원
한국판 디자인 · 디자인 우리
발행처 · 대원씨아이(주)

서울 특별시 용산구 한강로3가 40-456
편집부 : 02-2071-2104 FAX : 02-794-2105
영업부 : 02-2071-2061 FAX : 02-794-7771
1992년 5월 11일 등록 3-563호

http://www.dwci.co.kr/

원제 灰と幻想のグリムガル 11
© 2017 by AO JYUMONJI
First published in Japan in 2017 by OVERLAP, Inc.
Korean translation rights reserved by DAEWON C, I, INC.
Under the license from OVERLAP, Inc., Tokyo JAPAN

ISBN 979-11-334-7227-7 04830
ISBN 979-11-5625-426-3 (세트)